这个方形的小纸片是隆达,来自西藏拉萨,印有欢腾的骏马。藏族人每次登上高山垭口,都会将成叠的隆达随风抛撒,让风将祝福带到远方,所以它又被称为"风马"。

马上走，自由是方向
—— 马背上的旅程

何亦红 著

Horse trekking,

测绘出版社

Horse trekking

©何亦红 2015

所有权利（含信息网络传播权）保留，未经许可，不得以任何方式使用。

图书在版编目（CIP）数据

马上走，自由是方向 / 何亦红著. — 北京：测绘出版社，2015.1

ISBN 978-7-5030-3584-5

Ⅰ.①马… Ⅱ.①何… Ⅲ.①随笔—作品集—中国—当代 Ⅳ.①I267.1

中国版本图书馆CIP数据核字（2014）第257930号

策　　划	赵　强
责任编辑	赵　强
执行编辑	王　娜
责任印制	陈　超
封面设计	锋尚设计

出版发行	测绘出版社	电话	010-83543956（发行部）
地　　址	北京市西城区三里河路50号		010-68531609（门市部）
邮政编码	100045		010-68531538（编辑部）
电子信箱	smp@sinomaps.com	网址	www.chinasmp.com
印　　刷	北京新华印刷有限公司	经销	各地新华书店
成品规格	170mm×230mm	印张	15.5
字　　数	229千字	版次	2015年1月第1版
印　　次	2015年1月第1次印刷	定价	39.80元

书号 978-7-5030-3584-5/I·58

本书如有印装质量问题，请与我社门市部联系调换。

序一

她，确实是个爱骑马的女人。有那么几年，她的眼里只有马，经常听到的就是她又去哪里骑马了。我印象最深的一次就是她说"在野花盛开的春天骑马翻越新疆天山"，今天打出这行字我依然有一种心驰神往的快感。在这本书里，她也提到了这次旅行：在天山深处浓浓的夜色中骑行，人不能辨识路的时候就放开缰绳把自己全交给马，行走在清冽的空气中，看天上的流星偶尔划过树梢。那些文字静静地流淌着一种满足和幸福。

而这样的经历还有很多很多，比如在富蕴跟随哈萨克牧民转场、比如去梅里转山、比如去看柯尔克孜的猎鹰等等。虽然我也算是去过很多地方了，可每次听到她的这些经历，总还是让人热血贲张。而她热爱的马文化近年来也在各地逐渐消失，她的记录也正在变成时代的侧影。

如果不认识她，一定觉得能经历了这些的女子一定是个女汉子。而出现在现实生活里的何亦红，其实是一个特别的女子，一个人的小日子过得有滋有味，无论是大理还是北京，何公馆都以温馨舒适服务周到而著称，并总是高朋满座。一次五一假期，我们几个人下午无所事事地坐在院子里，说晚饭就在家吃吧，于是她下厨做了6个人的饭，那天晚上不请自来的加起来总共21个人！

认识她十年了吧，十年间我们一直都在各自的旅途上。各自都去过很多地方，也都各自在自己坚持的方向上坚持。十年间有不少改变，她自己的生活起起落落，简单复杂，但无论生活怎么对待她，她却从来没有退缩，一直都还是那个表面温婉、内心坚强的文艺女子，无论骑马还是做其他的事情，都是为了让自己走更远的路。十年后还有某些不变，比如对于旅行的热爱，对于自由的向往，还有内心深处的某些执着。

以梦为马，其实这本书说的不是马，是梦。一直有梦，真的是件美好的事情。

——穷游网执行副总裁 蔡景晖

世界如此之大,何不信马由缰?

这是一个内心住着野马的女子。当Lonely Planet刚刚进入中国并在新疆举行发布会的时候,我们曾一同北上伊犁。原本一个永远脸上挂着笑容,说起话来很羞赧还会脸红的女子,会经常两眼放光地望着窗外的草原,为远处奔驰的骏马出神。而到达那拉提草原之后,土匪本性暴露,趁着别人都在高原草甸上惊叹各种野花、流水的时候,奔向草场选定一匹毛色发亮的黑马,快意驰骋起来。那一刻她完全化身为一个奇女子。飒爽的姿态,让你无法想象一起聚会时,她是那个偶尔说一个不好笑的笑话,却已经害羞得自己先笑起来的人;无法想象是她是在亚运村的办公室里挑灯熬夜,为一期期《户外探险》杂志字字推敲的人。这个时候,她是一个豪迈、豁达、坚定而又内心狂野的土匪何贡红。所以,我为自己的一些疑问找到了答案。我明白了为什么《户外探险》杂志可以在竞争激烈的市场一枝独秀,为什么中国户外金犀牛奖可以坚持至今、越来越引人注目,为什么何贡红网名被称作"土匪"。而今天,终于看到她将自己的骑行经历,写成了这本书。

旅行从来没有像今天这样深刻地影响着国人。大家越来越感觉到,旅行不再是从自己活腻的地方到别人活腻的地方去游历一番。越来越多的人把旅行与自己的内心联系起来,他们好奇、乐于接纳、独立;他们希望亲自融入一种文化,从所拜访的地方和人们那里学习;他们会遵循经典的路线,也会光顾那些人迹较少的道路,寻找自己独特而真实的旅行体验。

如同何贡红一段又一段的骑行旅程一样,只有当我们将日常生活抛之脑后,深入去体会一种生活方式、文化、历史和人,才能了解到自己内心的那匹野马……自己真实的渴望。而这种渴望又能促使我们以旅行这种最积极的方式让人与人相互结识,去证明我们可以拥有一个更美好的世界。

世界如此之大,何不信马由缰?

——Lonely Planet(孤独星球)中国区总经理 李小坚

自序

　　有的人骑马是为了享受在马背上的速度与激情，有的人骑马是为了享受与心灵融为一体的协调与互动。而我骑马是为了走更远的路，深入车轮和双脚都不能轻易抵达的大自然深处，从而去感受不同的风景和人文。在路上，身与心的不停行走，渴望旅程的尽头是抵达内心深处，但在途中就已经收获了抚慰，换来内心的一段平和。

　　我是在2001年从甘南到川西的旅途中第一次尝试马背旅行的。从若尔盖到松潘的长途车上，在同车众多皮肤黝黑的藏人中有两个金发碧眼的老外格外惹眼，我们从彼此的穿着和装备上就断定我们都是背包客，于是也就很快熟络起来。Todd和Andriana是一对夫妇，来自哥伦比亚，他们向我大谈松潘的"快乐小路"马队，最终使我动了心，于是我临时改变了原定的行程，决定和他们一起参加骑马旅行。藏族马夫在马背上驮几日的物资，带我和Todd夫妇以及几个韩国和日本的背包客出发了。马队穿行在山区，经过漫长的旅程，我们寻找的高山海子很意外地出现在眼前，碧绿的水边到处可见已倒在水底不知多少年的枯树；水面平静如镜，周边翠林倒映其中。彩霞满天的日暮时分，我们围坐在熊熊的篝火旁，享受浓烈的青稞酒和热腾腾的酥油茶，耳边响起了藏族向导悠远的牧歌，让我有一种时空交错的感觉，似乎回到了远古的游牧时代，我们像一群逐水草而居的迁徙者，物质生活虽然简单，但心灵却感到无比的自由和快乐。从此我就爱上了骑马露营的生活。

　　真正的骑马生活开始于2005年在北京认识了一批马友之后。在北京工作的压力很大，但每个周末我们几乎都驰骋在马背上。身体的劳顿可以忘记内心的魔鬼，一个周末的马背体验，能带来整整一周高昂的情绪。北京周边最能感受自然气息的地方就是坝上草原了，骑马行走其中，那时马也倦了，人也淡了，暖景让人感到静谧，犹如列维坦笔下的风景画。立马草原边缘，光与影是朦胧的，笼罩在淡淡的情绪里，更有一种触手可及的温度，高贵而典雅。

生活是一种现实的存在，有时它会教训你，告诉你另一种人生的存在，告诉你某些略显残酷的现实。但是大自然是永恒的，它永远安静地偏安于一隅，散发着博大宽容的气息，时时准备着接纳你、抚慰你。我喜欢和马儿在一起的感觉，但我更喜欢和马儿一起融入自然，一起去看不同的风景。在大自然中，人心才能安静下来，那些曾经的往事和沧海桑田，都在天与地之间，化为沉默。

近些年各地的马文化正在消逝。2008年我们在离拉萨不远的甲乡观看望果节骑射，乡干部告诉我们这里已经几乎没有马了，这次望果节表演的马都是从别的地方借来的。随着现代军事科技的发展，马在军事中的应用也很少了。2009年我们拜访内蒙古第一骑兵营时了解到，他们在军事方面的任务几乎已经没有了，目前主要用于礼仪、影视拍摄等方面。2012年我们在青海阿尼玛卿转山，我们去的时候正值虫草季节，找到转山的马匹几乎是一件很困难的事情。所以这些年我走访了若干有马的地方，能够用文字和摄影记录一些马文化传统，也是一件幸事。

除了北京周边之外，我骑马去过最多的地方是新疆，在新疆的马背记忆里很多与酒有关。在新疆本地白酒肯尔布拉克和果酒穆斯莱斯掺和的作用下，我一头醉倒在柯尔克孜人家厚厚的红色羊毛毡上。这是我在南疆阿合奇和驯鹰猎人们在一起时受到的最高礼遇，热情的当地人把客人招待好的标准是一定要一起醉一回。在北疆骑马长途穿越的时候，我们喜欢自己带上几瓶伊犁特，白天我们像酒瓶包装上的那个西部牛仔一样在马背上涉过溪水，翻越高山，心里惦记的是晚上篝火旁的纵酒狂歌，伊犁特就着羊肉开怀畅饮，微醺后漫天的星斗开始在眼中旋转。夏天从北疆穿越到南疆翻越天山，路过哈萨克毡房时他们大多会给你端上马奶子，这是用马奶发酵酿制而成的，味带咸酸，有轻微的酒香，沁凉可口，但喝多也会醉的，醉了就可以在毡房里和衣而睡了。

马背上的生活契合了我对生活的另一种期待，超越冗长，超越理性，恍若进入其他乙久的绿野仙踪，有勇气放弃谦恭，一切都变得微不足道，由

> 我喜欢和马儿在一起的感觉，但我更喜欢和马儿一起融入自然，一起去看不同的风景，在大自然中，人心才能安静下来，那些曾经的往事和沧海桑田，都在天与地之间，化为沉默。

着自己任性地去爱、去体会、去做梦。是梦，总有醒来的时候，2008年，我的梦醒了。这一年我的个人生活遭到了重创，之后度过了几乎两年患有抑郁症的黯淡时光，无法再接触与马有关的人和事。一个台湾的心理医生给了我很大帮助，她让我知道其实心理问题应该都有科学的方法去调整，不能任负面情绪洪水泛滥而不予管理，痛苦是有期限的。这段艰难的时光，直至2010年我定居在大理苍山脚下才结束。家就在大理州赛马场边上，经常有骑手出来遛马，门口的石板路上传来哒哒的马蹄声，也有白族人牵着上苍山的小矮马路过。对马的感觉慢慢地在复苏，马的气息又回到我的生命里，从此我知道它是无法抹去的痕迹。这是一个真正能让心安定下来的地方，之后我频繁往返于北京和大理之间，只有回到大理才能恢复内心的平静。在这里每天日出都是不同的，终年被阳光所恩惠，我在这里过着简单的生活。一天下午我骑着自行车往洱海方向去，一回头，只见天空开了几个窟窿，几条光柱从云间落下，打在苍山前的村落上，不知为何眼泪瞬间毫无预兆地倾泻而下，那一刻似乎心里黑暗的拥堵被瞬间照亮打通了。这一切都是大理给我的恩赐。

如今我能再次跨上马背，还能写成这样一本书，我为此感到欣喜，这说明心里的阴影已经逐渐被大理的阳光驱逐出去了，这期间只有我自己知道那是经过了多么艰辛的心路历程。再次回到马背上，那些美好的感觉又重新回到我的生命里。这一次，我的心里充满平和的喜悦，没有任何的附加。纯粹，才是最真实的爱。我反而觉得现在是四十年来最好的状态，不焦虑不迷茫，不痛苦也不乐观，不把未来想象得太好也不怨恨过去受到的伤害，活得自由开怀。经过创伤，而后愈合，可尽管如此，我依旧孤身一人走在路上。也许我的命运终究是孤独的，但我现在也能接受，毕竟这个世界有各种生活的形态，有花团锦簇的繁盛之美，也有花瓣离开花朵的凋零静谧之美。选择了什么样的生活，就要承担什么样的结果。有些注定的事情是不能随便跨越的，要学会承受并享受寂寞，何况还有马儿相伴。

有人说热爱一个事物或者一个人的最高境界是经得起平淡的流年。不知道什么东西能留下，生命中很多东西都会被遗忘，我们失去了太多，在平淡如水的生活面前，有多少人能坚持热爱呢？大多数人耐不住寂寞，得到的都是一种快餐式的生活方式。我们的热爱能坚持多久？是一个疯狂的夏天，还是整个人生？骑马也许是一种可以保持一生的爱好，直到很老。我曾和一群马友在关外迎接过一位65岁的英国女人。她叫Megan Lewis，是一位对培育良马和骑马旅行乐此不疲的老人。她在北京奥运会闭幕式之后不久便开始了从北京到伦敦长达8000多公里的征程，在四年的长途跋涉中，她与马儿们朝夕相处，途中先后换乘了几匹具有独特性格的漂亮马匹，它们先后陪伴Megan的队伍横跨亚欧大陆，担负起长途旅行中最沉重的包袱。那年她经过中国境内，见到她时我确实担心她在这个年龄，以这样的身体以及心态能坚持走到哪里。可她最终在2012年伦敦奥运会开幕式之前抵达终点伦敦，这不仅给所有人带来了意外，更带来了鼓舞。至少有人做出了榜样，我们的马赞生活可以持续到60岁不止。

每个人的梦中都有一匹奔腾的马，渴望像马儿一样自由地奔向远方，但总是被各种现实牢牢套住。自由的代价有时候是放弃一定的物质追求，有时候是忍受一定的孤独寂寞。弗洛伊德说大部分人是为了不寂寞而选择了不自由，所以这自由的味道也许注定只有少数人能彻底享用。只要不被孤独打败，就能持久地享受自由。自由是毫无抗拒地度过此生，不依赖外部的人和事，活出喜悦。相信自己，也许半路我们看到了更好的风景而走到了另外一条路上，也许遇到了难以预料的困难停滞下来而无法到达终点，但我们仍然要感谢自己，因为我们善待了自己的内心，并为之付出过努力，人生会因此丰盈而没有遗憾。

马赞生活已经十余年。桃李春风一杯酒，江湖夜雨十年灯。原来，一阵风雨，一杯烈酒，便足以让人甘心飘摇江湖。人只是瞬间的留存，只有大地永在，默默记存所有的发生。行马天下，岁月如风在耳旁。

何京红

2014年7月于云南大理

夏 2007.6 新疆伊犁赛里木湖

火 2007.10 新疆喀纳斯

冬 | 2012.11 内蒙古锡林浩特

Horse trekking 目录

国外: 融入炫彩

1 / 沙漠良驹——在印度的异域风情中骑行

17 / 追寻西部的余晖——美国66号公路亚利桑那牛仔之旅

39 / 看清内心的未知——南非马场体验

45 / 冰峰映澄湖——驰骋法国阿尔卑斯山区

53 / 愈简单愈幸福——探访幸福之国不丹

69 / 匈奴遗风——观匈牙利骑射大会

马上走，自由是方向
——马背上的旅程

国内：穿越荒凉

81 / 寻羊记——新疆富蕴跟随哈萨克牧民转场

97 / 花毯风暴——翻越新疆天山

109 / 马踏春泥半是花——穿越新疆喀纳斯空中花园

123 / 擎苍轻骑不须归——跟随新疆柯尔克孜猎人出猎

139 / 生命的实相——云南梅里雪山外转经

157 / 朝圣者的美好福地——青海阿尼玛卿转山

173 / 清风吹拂的山岚——四川重走洛克路

185 / 火的狂欢——四川凉山彝族火把节

199 / 雪岭雄风——观西藏望果节骑射大赛

209 / 驯服蒙古情人——内蒙古锡林浩特市冬季驯马

219 / 风雪之路——内蒙古锡林浩特市冬季转场

228 / 享受马背乐趣之前要知道的事情

印度

India

本书漫画绘制人员：老杜

沙漠良驹
在印度的异域风情中骑行

马拉尼（Marwari）马在血统上接近Kathiawadi马，并与阿拉伯马有相似的起源。它既继承了Kathiawadi马优美的外形，又兼具阿拉伯马的速度，并且耐力极佳。在背包客云集的焦特布尔和乌代布尔，我仍旧找到了马拉尼马的身影，并完成了带有异域风情的两次骑行。

骑马到小村庄中遇见打水的妇女和儿童

焦特布尔

除夕的前日,当大部分中国人正合家欢聚的时候,我独自穿行在印度焦特布尔狭窄的小巷中,向国内打了电话后感觉自己有些失落和傻帽儿。不过还好,正如大卫·里恩的电影《印度之行》里所说:"印度使你面对自己。"焦特布尔的喧闹掩盖了我的茫然,外部的纷乱反而让我能静下心来。嗅觉被各种香料混合的香味占据,视觉中不时闪动着绚丽的纱丽(指印度妇女传统服饰),耳朵里则充盈着各种小贩的叫卖声。窄窄的街道上,不时要避让疯狂疾驰的摩托和突突车,还要奋力侧身与占了三分之二个街道的硕大的白牛相让,或者忙着与各种对我友好地打招呼的人回答"Namaste"。

每天早上我都在响彻古城的钟声中醒来,窗台上成群的鸽子发出的咕咕声,街道上的水流声、狗吠声,以及不知从何方传来的缥缈的印度音乐也纷至沓来。这种种的纷乱和丰富让我无暇考虑自己是否寂寞。

从旅馆的屋顶,可以眺望不远处的城堡和整个古城。整个城市的房子几乎都是浅蓝色的,蓝色本是种姓制度中婆罗门阶级的颜色,很久以前只有婆罗门阶级的家才能使用蓝色,就像中国以前只有皇家才可以使用黄色一个道理,不过现在几乎所有的房子都被刷成了蓝色,因此焦特布尔也被称作"蓝色之城"。但我在这里除了尽享异域风情外,最大的收获就是接触到了印度著名的马拉尼马。焦特布尔所在的拉贾斯坦邦是马拉尼马的主要产地,但马拉尼马目前已经濒于灭绝的边缘,为数不多保存下来的马被用于如婚庆典礼、马车等。一些优秀的马匹用于马球、骑乘以及警方和军队。在焦特布尔钟楼附近的集市上,总有马车迎面而来,当时感觉拉车的马匹双腿修长,非常健美,回来后看照片才发现这就是马拉尼马。较好的马拉尼马不仅能在当地一些如"普什卡集会"等重要活动中为主人赢得赛马冠军的荣誉,并赢得高额的奖金,在很多国际比赛中也能胜出。

马友"烟斗老猫"给我提供了很详细的信息,焦特布尔郊区有个不错的马场,有马拉尼马。我拨通了电话,预约了第二天全天的骑乘。次日一早,一个约50多岁的老头儿骑着摩托来旅馆接我,面无表情,寡言少语,我当时以为他仅是马场的雇工或者开摩托的,来到他在郊区的家后才得知此人非同一般。他的家有一个很大的庭院,明显要比周边的家庭阔绰,墙壁上绘有彩色的马的壁画,是典型的拉贾斯坦精细的绘画风格,据他女儿说这是他们从市场上买来马的明信片找工匠来画的。他今年54岁,养马已经有30余年了,他的儿子和女儿都是骑手。女儿名叫Pooja Gehlot,28岁,从小就骑马,是唯一一名参加全国81公里耐力比赛的女士,而且是在五个小时以内完成的。和Pooja在院子里的树下一边喝印度茶一边交流,她告诉我,在印度女人骑马是需要很大勇气的,这对她自己来说是一种挑战,骑手基本都是男性,她所知道的除她之外唯一的印度女骑手,还是她最要好的朋友。

马拉尼马目前已经为数不多了,为了保护和发展马拉尼马种,拉贾斯坦邦的一些马主们在焦特布尔建立了专门的机构,Pooja和朋友Kishore是主要成员。她们的主要工作是要挽救这一马种,恢复马拉尼马昔日的荣耀。围绕这个主题她们进行着很多项目。机构致力于向更多人传播养马的意识,鼓励更多人将饲养马拉尼马作为一种荣誉。她们给一些贫穷的马主免费提供治疗马匹疾病的药品,也收养因无法再支付养马费用而被抛弃的马拉尼马。Pooja自己不仅撰写论文,还用印度语翻译了一本关于马拉尼马的画册,她赠送了一本给我,不过上面都是天书一样的印度语,我只能看看上面的图片。

不过养马的地方并不如我想象的一样在后院,Pooja的父亲用吉普车把我带到了20公里外的马场。在印度机动车是右舵驾驶,前盖上还放了一个马的铜塑像,用螺丝拧在上面,很牢固。两匹已经备好鞍具的马在安静地等候。一匹黑色的是老头儿的儿子骑的,他将是我的向导,另外一匹深棕色的是我的坐骑,这是一匹四岁的母马,名字叫Sarini。马匹毛色油亮,身材俊美高大(这是以我的身高来看的,其实马瓦尼马相比其他马种只是属于中等身材)。最典型的特征是它的耳朵,非常灵活,可以旋转180度,在顶部相触,据说可以夹住一枚钱币。在主人发出的声音以及手里拿的豆荚的诱惑下,Sarini的耳朵来回转

了几圈，最后形成了一个"O"形，非常可爱。

　　焦特布尔的地理位置在沙漠之间，古时焦特布尔王国又称玛瓦尔（Marwar）王国，Marwar的意思是死亡之地。骑到野外，地面几乎都是沙化的，中间的路面是较硬一些的沙地，虽然比较平坦，但不时会有老鼠洞让马蹄误入其中。一路快步，步伐稳定，浪小且很柔软，几乎不用起坐。两个小时的骑行后，我们到达一处宫殿的废墟，规模不是很大，但是已经荒弃。地上散落的白色石人缺首断臂，像是匠人未完成的作品，路边绘有彩色图案的石板错落堆放。我们在这里享用简单的午餐，几片面包，简单的蔬菜，还有热的印度茶，当地人的发音是"chai"，这是印度红茶和牛奶煮成的饮料，可能还加了一种叫玛莎拉的香料，喝起来味道醇厚，有种特别的香味。

　　下午的骑行都是在沙漠中，一路上都是快步，夕阳西下回到马场后，在场地里向导才让试了一下跑步。下马解鞍后马场还提供一份刚刚煎好的鸡蛋饼和一种刚炸出来的素丸子，坐在马房旁边在夕阳中慢慢地享用。

　　结束了一天的骑行，又见到Pooja，她邀我明年三月份再来，到时候普什卡会有很大型的比赛，Sarini也将参加。我想要来的话也只能是明年了，希望Sarini能在今年的比赛中拿个好成绩。

乌代布尔

　　乌代布尔是一座位于拉贾斯坦邦南部的小城，位于城西的皮丘拉湖无疑是这座城市的魂魄。16世纪，统治者麦瓦尔土邦王乌代·辛格为了躲避莫卧尔帝国的侵袭，西迁到此，由于四周被山阻挡，又是沙漠腹地，易守难攻，所以躲过了覆灭的厄运。之后，英武

 上: 在焦特布尔所住宿的旅馆的屋顶,可以眺望不远处的城堡和整个古城。几乎所有的房子都被刷成了蓝色,因此焦特布尔也被称作"蓝色之城"

下: 从焦特布尔的马场骑马到野外,途中不时遇到身着鲜艳服装的印度妇女的围观

马拉尼（Marwari）马最典型的特征是它的耳朵，非常灵活，可以旋转180度，在顶部相触，据说可以夹住一枚钱币

右页： 骑马可深入沙漠中富有民族特色的小村庄。适逢妇女们在井边打水，打满水后女人头顶两三个水罐翩翩而去，脖颈挺拔

的土邦王主持工程，先后挖掘了几个大型人工湖，湖泊把远处河水引入，并将每年雨季的雨水保存下来，饮水和灌溉的问题因此得以解决。

下了火车，突突车把我直接带到了湖边的小客栈。天刚蒙蒙亮，从客栈带有印度风格的花瓣形窗户中望出，皮丘拉湖水安详静谧，在清晨的微光中施以粉红的胭脂色。我穿行在狭窄的街巷中寻找通往湖畔的小路，在一个街口视野豁然开朗，皮丘拉湖完整地呈现于我的眼前。

有了人，风景才能灵动起来。这时湖边的台阶上已经聚集了不少在洗浴的妇女，有的在用洗衣棒捶打着台阶上的衣物，有的则将身体浸入水中，擦洗干净后再用纱丽裹住身体。她们互相闲聊着，气氛平和，不停地有人把衣物装在大盆里顶在头上款款走来，微笑

左: 山路上不时偶遇徒步而行的村民，各色纱丽中露出羞涩的微笑
中: 从乌代布尔马场骑出去不久就能到达一个人工湖

着加入水边捣衣的行列。而男人们则在另外一边,中间有大树作为分割,黝黑的肤色隐没在水面上的树影之中。

这里背倚城市宫殿的外墙。城市宫殿是乌代布尔最辉煌雄伟的一座建筑,如今其南边的部分仍然住着当地的武王Sambhu Niwas,而正殿部分,则开辟成博物馆供游客欣赏,而这里,也是全城最值得去的地方。而我却久久地徘徊在外墙湖边的浴场里,流连于晾晒在阳光下的各色纱丽中。一头小牛凑过来友好地啃住了我穿着登山鞋的前脚趾。

乌代布尔是印度拉贾斯坦邦最浪漫的沙漠城市,由统治者乌代·辛格于1568年建造,梦幻般的水上宫殿、水晶长廊、湖畔花园、庙宇和传统住宅,构成一种融和的印度调子。有人说,这里是东方的威尼斯,也有人甚至认为乌代布尔是湖边的白日梦。不过这里和其

右:乌代布尔是印度拉贾斯坦邦最浪漫的沙漠城市,由统治者乌代·辛格于1568年建造,梦幻般的水上宫殿、水晶长廊、湖畔花园、庙宇和传统住宅,构成一种融和的印度调子

 上(左)：焦特布尔马场的向导
下(左)：和当地人一起享用印度masala甜茶

 上(右)：马场主Singhji是印度骑马旅游探险的先驱
下(右)：打水村民们灿烂的笑容

他的印度小城一样喧嚣，直至我来到了郊外僻静的乡村马场，心绪才变得如皮丘拉湖的湖水一般明净。

身着白袍的印度大叔从我手里接过背包，带我穿过绿荫掩映的长廊，一幢砖红色小楼坐拥一方僻静的小院，我的房间就在小楼的二层。整整两面墙都开辟成了玻璃窗，窗外没有任何遮挡，除了一棵老树外，就是拉贾斯坦的沙漠旷野和远方的群山。这里是Lush Girwa山谷，16世纪，强大的莫卧儿王朝来袭，当时的麦瓦尔土邦王乌代·辛格为了躲避追击，决定迁都到这个易守难攻的山谷中，这才有了这个沙漠中的绿洲乌代布尔。此时正逢日落时分，夕阳满屋，屋内的藤制家具与这里的乡野气息非常搭调。

放下背包我就迫不及待地去马圈里看马。这里饲养着20多匹马拉尼马，有红棕色的、黑色的，还有黑白花相间的。马匹都被打理得很干净，皮毛发亮，和人很亲近，我用手抚摸了几下，手感很光滑。

住在乡村马场，每天都能遇到来自不同国家的背包客。一名男子骑摩托车跨国旅行，到印度后他为期几个月的骑行算是快接近尾声了，得知我来自中国后，一个劲儿向我抱怨他所经过的国家里只有中国边境无法让他的摩托车过境，使得他的路线不得不做了很大的调整。他的同伴，一个荷兰女孩，则是在德里买了新摩托车，准备经瓦拉纳西骑到尼泊尔去。他们原计划在马场周边的野外搭帐篷露营，但是看了马场别墅舒适的房间后，也改变主意决定享受一晚。

马场主人Singhji是印度骑马旅游探险的先驱，早在1972年，他就曾组织一对荷兰夫妇，使用拉贾斯坦邦著名的马拉尼马，骑行45天，从乌布代尔走到克什米尔，全程1600多公里。在马场别墅顶层Singhji的客厅里和他共饮了一杯威士忌后，我对这个历经风雨的老人有了更多的了解。NarendraSinghji出身于王室家族，从小在马背上长大，他的父亲 PratapSinghji 就是马术爱好者，还撰有《The Illustrious MARWARI Breed》一书，专门讲述如何保存马种以及如何饲养和照料马匹。他分别给三个儿子买了马，并亲自教他们骑马的要点。

Singhji意识到马拉尼这类马种的退化，他成立了"印度Chetak马业协会"，提高大家对马拉尼马的忧患意识，同时也保护和发展这个濒临灭绝的马种。他告诉我，整个乌代布尔也就仅存400匹马拉尼马。从1992年开始，他发起并举办了"Chetak Horse Fair"，集会的规模一年比一年大，到如今已经举办了14届。

Narendra Singhji的客厅里挂着整张的兽皮，这是他狩猎的战利品。他说骑马和狩猎是他最大的爱好，但是因为年龄的原因，两年以前他就不能骑马了，但是他非常怀念在马背上长途跋涉的日子。现在的乡村马场即是当年皇家的狩猎别墅。

大部分来乡村马场小住的客人都是来体验骑乘马拉尼马进行沙漠穿越的。清晨在洒满阳光的庭院中用完印度奶茶后，我挑了一匹体形优美的黑白花相间的马拉尼马就上路了。从马场出来骑行一段距离，就可深入沙漠中富有民族特色的小村庄。适逢妇女们在井边打水，众多金属器皿一字排开，在阳光下闪闪发亮，打满水后女人头顶两三个水罐翩翩而去，脖颈挺拔，步态摇曳。全村的人见有人骑马而来，几乎倾巢出动前来观看，而村中成群的水牛则相反，见到马撒腿就跑，惊慌地四散而逃，我则被搅起的尘土所笼罩。

这里的沙漠并不荒凉，长有各种低矮的植物，仔细观察还有鸟类盘居其中，甚至还有孔雀。沙漠中的湖泊则是骑行途中绝佳的休憩点，湖边沙地上居然长出了诸多的椰子树，一反沙漠的干燥和单调，看上去颇有些怪诞的意味。山路上不时偶遇徒步而行的村民，各色纱丽中露出羞涩的微笑，那一抹鲜艳的色彩衬以枯黄的背景更显绚丽与飘逸。

住在马场能够和这些可爱的家伙们朝夕相处，也是件幸福的事情。早晨把几匹最漂亮、最名贵的马从马厩中牵出，印度马夫在场地里对马儿进行打圈调教，扬起的灰尘被朝阳染得金黄，在一旁观看骏马奔腾跳跃的优美动作很是享受；傍晚和马夫一起收拾起鞍具，给马儿穿上麻布制成的马衣，算是完成了一天的工作，如果有力气还可以扛两盆草料；夜晚马场小楼的屋顶上是观星的好地方，可以一边俯瞰乌代布尔满城的灯火，一边在星空下倾听马儿的阵阵嘶鸣。

上：骑行在焦特布尔郊区，经常能遇到造型优美的古迹
下：印度的公共汽车总是超载严重，不仅车顶坐满人，侧边也挂了好多人，但他们一路都很快活开心

America

追寻西部的余晖
美国66号公路亚利桑那牛仔之旅

美国历史始于东部,但最能体现美国精神的是西部文化和牛仔精神。西部边疆生活的艰辛和拓荒者为了生存而为之奋斗的过程中所体现出来的精神气度,正是美国精神的根本核心所在。"亚利桑那"来自印第安语,意为"少泉之地",该州是美国最干旱的一个州。66号公路是体验美国西部风情的梦想之路,穿过亚利桑那州的部分是其中的经典路段,我伫立在纪念碑山谷的荒原中,感受着早期拓荒者所能目睹到的雄浑景色,也徜徉于威廉姆斯保留完好的牛仔小镇里,重拾昔日传奇英雄梦,期待着上演一场真正的枪战。

和维德牧场的马倌儿们在一起

19世纪是美国边疆时代。连续百年之久的"西进运动",形成了多次移民浪潮,促进了美国西部开发,产生了"西部奇迹"。西部开发历史,使这个没有历史的国家辉煌地揭示了世界史的全过程。亚利桑那州首府凤凰城是一个诞生于沙漠上的城市。我们落脚的比特莫尔(Biltmore)酒店,就是在这片干旱土地上打造出的一片宁静绿洲,宁静奢华又贴近自然,其建筑是深受弗兰克·劳埃德·赖特(Frank Lloyd Wright)设计理念影响的作品。比特莫尔建于1929年,一直备受知名人士和美国总统的青睐。第一个老板,可谓美国西部的第一批拓荒者中的翘楚,道奇品牌汽车销售大亨短暂地拥有了这里。其后来自芝加哥的口香糖巨头William Wrigley同样前往西部进行创业,成为了亚利桑那比特摩尔酒店的第二任拥有者。美国人对自己短短的历史总是很珍惜,他们会小心翼翼地保护起来做展示。酒店内有专门的陈列馆展示拓荒时期的老照片和物件,以及来过的历届总统旧照。

对西部的感受是从凤凰城郊外的沙漠中开始的。天刚刚微亮我们就被带到了一片旷野中,这里早已集中了十几只热气球,有的已经如一个个泡泡糖般被吹好立在了曙光微露的地平线上,有的却还如一幅地图平铺在沙地上,我们的那一只则正在底部利用大功率风机给气囊充气。看着几个人把一个球捣鼓上天,也是件有趣的事情。

大胡子"球长"背靠着侧倒在地的柳条篮子,脚踩连接球体和篮子的辐条,不断调试燃烧器,气态丙烷伴随着轰轰的声音在热烈地燃烧着,逐渐鼓起了热气球的尼龙气囊,球体不断改变和地面的角度,直到完全呈90度立起,整个过程也像是一场精彩的表演。于是几个壮汉抓住吊篮,并且用绳子把吊篮和他们的车子固定在一起,确保我们上去之前篮子不会飘走。

我们用小时候干坏事翻墙时一样的动作一个个跌入热气球中,一个球能运十几个人。站在我旁边的是金发小女孩Reese,母亲带她以乘坐热气球的方式庆祝她的五岁生日。热气球徐徐飘离地面,荒野全景展现在眼前。低矮的沙漠植物,在早晨的逆光中显得毛绒绒的,其中穿插着无数高大的树状仙人掌,整个大地像是盛满了棉花球的大盘子,

大胡子"球长"背靠着侧倒在地的柳条篮子,不断调试燃烧器

一大早,热气球们就已经如一个个泡泡糖般被吹好立在了曙光微露的地平线上

金发小女孩Reese,母亲带她以乘坐热气球的方式庆祝她的五岁生日

中间竖着无数把大叉子。Reese不时俯瞰到在灌木丛中跳来跳去的长耳大野兔之类的动物，兴奋无比。热气球飞行在关闭燃烧器的时候会是一段宁静的时光，我们随着空气流动，掠过泛着波光的小湖，掠过蜿蜒的水渠和公路。"球长"根据不同高度的气流和风向灵活改变着飞行方向，最终拉动细绳打开气囊顶部的降落伞阀，从气囊中排出一部分空气来减缓攀升速度。

我们在一片居民区中缓缓下降，低得能看清楚晨跑的美女鞋上的商标。当我正以为会降落在人家屋顶的时候，眼前突然出现一小片空地，柳条篮稳稳落在了地上。之后的阳光早餐和香槟是完全在意料之外的，我们给Reese唱了中文的生日快乐歌，这样完美的早晨不知会在小女孩的生命里留下怎样的印记。

从凤凰城前往亚利桑那州和犹他州两州边界的纪念碑山谷，驾车需要六个小时，乘坐直升机只需要两个半小时，而且可以从空中近距离鸟瞰雄奇的地貌。从鹿谷机场起飞，机长人品巨好，让我坐在了他右手边巨无霸的位置，几乎可以360度欣赏周边景色。西部壮阔的画卷在眼前展开：越过圣弗朗西斯科峰群和汉弗莱斯山脉，俯瞰植被丰厚的通托国家森林，墨绿色的树尖密集相簇；横跨科科尼诺高原和彩绘沙漠，分层清晰的彩色巨石排列成整齐的矩阵，似乎要迎面撞向你，而转眼我们又掉转机身飞向峡谷深处；越过大理石峡谷，到达鲍威尔湖，宝石蓝的清澈湖水与砂岩绝壁遥相辉映，相得益彰，直升机不时甩出优美的大拐弯。最终直升机带着我们一行一半被景色晃晕，一半被飞机失重晃晕的人，降落在了纪念碑山谷。眼前的景象让我们这些摇摇晃晃的人一落地就在最短的时间内复活了，眼前的手套山和梅里克孤丘的全貌分明就是无数西部片中出现的场景。

小型机场的旁边就是古尔丁的旧居。1921年，哈利·古尔丁和他年轻的新娘迈克在纪念碑山谷附近购买了640亩土地。前几年，他们通过与帐篷外的纳瓦霍人做交易维持生计。1928年，古尔丁夫妇建成了一座古老的石头交易站。这是一座被完整保留下来的用泥土和石头搭建的西部旧式房屋，里面的陈设依旧是20世纪40年代的样子，一层那种类似我们国家80年代供销社的柜台上，放置的是古老的量器和落尘的马鞍，可以想象当年交易繁盛时候的热闹场面；二层的卧室简朴温馨，宽大的壁炉边似乎可以看到迈克一边在做针线活，一边正在碎碎念，等待着丈夫回家。哈利1989年去世，迈克在这里度过余生，直至1992年去世。

这是拓荒时期一对普通的夫妇，从他们身上可以折射一个时代，他们也目睹了西部的兴起。虽然很难界定"美国精神"的全部含义，但这种精神无疑是美国人在西部拓荒这样特殊环境作用下的产物。我们在古尔丁旧居旁边的餐厅里享用了正宗的纳瓦霍卷饼（Navajo Taco），有点像我们的油饼，上面摊着各种蔬菜、肉和豆类，不过比油饼更有韧劲一点。于是"Taco"成了以后我们每餐必点的食品。通过与管理餐厅和古尔丁旧居并给我们做讲解的Barbara Metts女士聊天，我们得知她自己也养了十几匹马，但是现在并不做农用，也不给游客骑，仅仅是自己的兴趣爱好而已。

经济大萧条期间，古尔丁夫妇和纳瓦霍族人的生活捉襟见肘，哈利和迈克听说电影导演约翰·福特正在寻找一个地方拍一部西部电影，于是哈利拍了一张纪念碑山谷的照片寄给约翰·福特，后者对纪念碑山谷一见钟情。几个星期内，后来获奖无数的《关山飞渡》这部电影在此正式开机了。电影的男主角是年轻的约翰·韦恩，约翰·福特和约翰·韦恩后来多次将此地作为电影的取景地。我承认我迷恋过布拉德·皮特，但是从来没有迷恋过约翰·韦恩，直到来了这里才到处都感觉到他的强大气场。

纪念碑山谷景观介绍的牌子上写的是"约翰·韦恩最爱的拍摄地"，博物馆里有若干他的剧照，甚至商店里还出售印有他头像的厕纸。他代表了美国的价值观和理想。他的名言是"从来不相信一个不喝酒的人"，他的三个妻子都是拉丁美洲人。《关山飞渡》是他的成名作，天才的中国人把一个普通的电影《Stagecoach》（驿站马车）翻译成"关山飞渡"这个浪漫的名字，大有"飞夺泸定桥"之势，更为影片增添了不少传奇色彩。

由于纪念碑山谷中并没有修水泥路，我们要探索山谷深处则一定要乘坐吉普车了。

壮观的纪念碑山谷,获奖无数的《关山飞渡》这部电影在此拍摄,之后又有若干部西部片诞生在这里。

 左页：纪念碑山谷中的一个直通天空的洞口，当地人称为"自然之眼"。从外向内那是上天注视大地的眼睛，从内向外是通往外界光明的通道，充满着灵性之光

 上：古尔丁旧居二层的卧室简朴温馨，宽大的壁炉边似乎可以看到迈克一边在做针线活，一边正在碎碎念，等待着丈夫回家。哈利1989年去世，迈克在这里度过余生，直至1992年去世

下（左、右）：古尔丁旧居一层放置的是古老的量器和落尘的马鞍，另外展示有当年拍摄西部片的道具

 夕阳把纪念碑山谷中的孤丘照得通红,此时如果有一驾四轮驿马车经过谷底,那就是典型的西部片场景了。夕阳下我给自己来了留了个影

纪念碑山谷是纳瓦霍人的保留地,也是《阿甘正传》中他最终停下的地方。这里空旷荒凉,偶尔会在荒原上见到造型优美的孤树

大峡谷国家公园（Grand Canyon National Park）的地质景观，和新疆的雅丹地貌非常接近，科罗拉多高原为典型的"桌子山"，即顶部平坦侧面残缺陡峭的山峰群，这种地形是由于数百万年间的侵蚀作用形成的

来接我们的司机，居然是个皮肤白皙的女子，她是一名当地的纳瓦霍人。如今，22个北美土著居民部落仍然生活在亚利桑那州，最常见的部落名字或许就是纳瓦霍族，它是美国最大的部落，也是最著名的一支。很多人了解到这个部落也许是通过华裔导演吴宇森的电影《风语者》。1942年，数百名纳瓦霍人被征召入伍，因为他们的语言没有外族人能听懂，所以美军将他们训练成了专门的译电员，人称"风语者"。如果想要了解一些纳瓦霍族人现在生活的背景信息，可以阅读托尼·希尔曼的犯罪小说，他的书主要是以亚利桑那州和新墨西哥地区为背景，而且他因真实客观地刻画了纳瓦霍族的文化而获得他们的敬重。不过目前只有英文版，还没有中文版。

吉普车行进在纪念碑山谷的土路上，周边到处都是猩红的平顶山丘和怪异的砂岩石塔。这里曾经只是一片平坦的盆地，但是如今它已成为科罗拉多高原的一部分。数百万年以来，层层叠叠的泥沙不断在盆地里淤积，地表下巨大的压力将这一地区托起，形成了高原。后来又经过长年累月的风雨侵蚀，便只剩下了卡特勒粉砂岩和它身后漫漫的红沙，最终形成了我们今天看到的壮观景象。纳瓦霍女人Misha将车停在一个半凹进去的山壁边，从外看很普通，可踏着洞口的细沙走进去，仰头便可发现头顶天然形成的一个直通天空的洞口，当地人称为"自然之眼"。从外向内那是上天注视大地的眼睛，从内向外是通往外界光明的通道，充满着灵性之光。

纳瓦霍女人的歌声响起，这是小时候祖母给她唱的一首安详的曲调。不要话筒，所有人沉默着，内凹的石壁形成了一个天然的音乐厅，清冽的嗓音在其中回荡，古老的纳瓦霍民谣把我们带进一个空灵的意境之中。但这里并不是无人的洪荒，我们住在纪念碑山谷中唯一的观景酒店，低调而奢华，每个阳台都面对山谷，可以在日出日落中一坐就是几个小时。酒店坐落在高处的山崖上，但是外观颜色小心翼翼地和周边山丘保持基本一致，顶部也不超出侧面山坡的高度，如果在远处不注意的话几乎很难发现，可以说是和环境融合得很成功的杰作。酒店内部完全是印第安的装饰风格，原木的桌椅上雕刻着具有民族风味的图案。老板阿曼达·奥尔特加是一位年轻的姑娘，通过自己在荒漠中的创业为诸多土著纳瓦霍人提供了就业机会,并且她正将她的酒店变为纳瓦霍文化与土著工艺品的交流中心,这里也是当地绝无仅有最成功的一家纳瓦霍族人企业,而她本人则更像是族人中的英雄人物。

美国的西部与中国的西部,有很多相近的地方,比如雄浑壮丽的自然景观,比如高原瑰丽的气象,比如曾经看似浪漫实则残酷艰辛的游牧生活。大峡谷国家公园(Grand Canyon National Park)的地质景观,和新疆的雅丹地貌非常接近。

我们一早就守候在大峡谷南缘等待日出,眼前的平台形大山或堡垒状小山都还在沉睡中。科罗拉多高原为典型的"桌子山",即顶部平坦侧面残缺陡峭的山峰群,这种地形是由于数百万年间的侵蚀作用形成的,高原中比较坚硬的岩层构成河谷之间地区的保护帽,而科罗拉多河河谷的侵蚀非常活跃,结果就造成了这种独特的地貌。峡谷在日出中逐渐醒来,阳光先把"桌子山"的顶部打亮,再延伸到山腰和谷底,整个大峡谷立刻变得神采奕奕。大峡谷岩层中,富含铁离子,所以大多呈现红色,在早晨的低色温中,更加红得热烈。

我们选择了峡谷中的一段步道徒步,这是大峡谷中一段最著名的小道,名为"天使之路"(Bright Angel Trail),它一路下降,海拔高差1360米,一共12.6公里,到达科罗拉多河边。一路上标识牌非常清楚,附有各种提示,在路段的开始,还会提示你有的部分会非常热,并且没有水源,每个人至少要带五升水。这样的山径上也经常有骡子行走,标识会提醒你骡子是走右边的,所以不要站在小径的外缘,要站在靠山的一边进行避让。"You are responsible for your own safety, don't underestimate the Grand Canyon."(你要对自己的安全负责任,永远不要低估了大峡谷。)这样的提示让人觉得非常理性和贴心。

离开大峡谷即可享受66号公路之"经典之旅行(Historic US 66)",即位于Kingman 和Seligman 两个小镇之间的66号公路。它是迄今为止保存最为完好的一段,保留了很多20世纪50年代的风貌。威廉姆斯镇(Williams)距离大峡谷仅一小时车程,基本保留了当年的模样:废弃的加油站依然在路边等待着车子驶入;街上的老式汽车颜色依然鲜艳,似

 位于Kingman 和Seligman 两个小镇之间的66号公路，是迄今为止保存最为完好的一段。威廉姆斯镇（Williams）距离大峡谷仅一小时车程，保留了很多20世纪50年代的风貌

乎随时可以启动，带上风流女郎去兜风；酒吧的木门依然虚掩，喝醉的牛仔依然可以一脚将其踢开，坐到桌边来杯小酒。正午时分街上非常安静，多么盼望一群牛仔飞驰而过，在街上来一场真正的枪战！

到达维德牧场（The Tanque Verde Ranch）的时候已近天黑，我们直接加入了篝火旁的烧烤party。温暖的火焰在大火盆里燃烧，西部歌手在一旁弹吉他唱着忧伤的曲子。参加者大多为前来骑马的游客，清一色的牛仔穿着，我们几个穿便装的人在此显得像局外人。我在尝遍了烧烤美味后，加入了孩子们用绳索套小牛的游戏。腰肢摆动，手臂举着缠绕成若干圈的绳索在头顶旋转，转到一定角度利用惯性将其抛出，女孩们总是能准确套住蹲在地上的公牛模型。

而我自认天资还不赖，掌握了规律和力度，但也练了许久才能顺利套住。因此感受到牛仔们在奔驰的马背上能够准确套住发疯的公牛，也不是那么容易的。第二天我也换上西部装束跨上了马背，随马队穿行在仙人掌丛中。由于是集体出行，马儿们都还很规矩，我的马不停地啃路边的树叶，需要经常很严厉地把马头拉回来。

在异国骑马，像国内草原上和伙伴们一起奔驰的机会应该是不经常会有的，国外马场对马的调教和保护比较严格，另外也非常注重游客的安全，所以对骑行速度是严格控制的。骑行时马背上的快感会丧失一些，但是周边独一无二的风景体验，全能将这些弥补。

我们骑行的路线位于索诺兰沙漠的仙人掌保护区内，人马穿行在浩荡的仙人掌"森林"中，说它为森林一点也不过分，因为密集度相当高，铺满了整个沙漠，一眼望不到边。仙人掌们形态各异，有的呈球状滚落在地面，有的高达十几米，像卫士一样守在山路两旁，不管怎样都肉乎乎地呈现一副萌态，要不是它们浑身都是刺，真想上去抱一抱呢。

骑行中途的早餐是我们所未能预料的惊喜。在一个能俯瞰索诺兰沙漠的制高点，已经摆满了若干原木桌椅，一辆仿古的驿马车停在路边，围成一个厨房，蓝莓煎饼在

 左页： 我们骑行的路线位于索诺兰沙漠的仙人掌保护区内，人马穿行在浩荡的仙人掌"森林"中，仙人掌密集度相当高，铺满了整个沙漠

上： 女牛仔虽然佩戴了鲜艳的印第安首饰，不过可以看出已经不是很年轻了，但是她的美丽来自阳光下的神采奕奕、健康的体态和肤色，以及对自己年龄乐观豁达的态度

下（左、右）： 随着工业的发达，牛仔目前已经不多了，但依然可以在维德这样的度假牧场里找到

平底锅里滋滋作响，火腿、土豆、煎蛋都不限量地供应着。早餐后沙漠的温度迅速升高，马儿们也该回栏休息了。一位女牛仔Lisa在马栏的调教区给我们演示她与马的交流互动。她手持调教鞭站在圆形场地中间，马儿对她肢体语言的动态非常敏感，她只需身体轻微的动作，间或嘴里配以一定的发声，马都能做出相应的反应。这应该就是自然驯马法，这种方法流行于欧美，它通过模拟马匹在马群中建立阶级地位的自然状态，而建立起人与马之间的信任，这种方法有别于通过恐吓与暴力建立的人与马之间的控制系统。

非常羡慕这位能与另外一种动物进行如此交流的女牛仔，"You can ask any question, except my age"（你们能问我任何问题，除了我的年龄）。女牛仔虽然佩戴了鲜艳的印第安首饰，不过可以看出已经不是很年轻了，但是看到她就觉得任何年龄都是美的，每个年龄都有自己的味道，她的美丽来自阳光下的神采奕奕、健康的体态和肤色，以及对自己年龄乐观豁达的态度。

她给我们介绍维德牧场目前有70多匹马，其中也有不少夸特马（美国特有的马种，擅长绕桶比赛）。由于这里夏天非常炎热，大部分马匹在夏天都会被送到明尼苏达州的分部，冬季再转回来。随着工业的发达，牛仔文化的没落，像她这样的牛仔，目前已经不多了，但依然可以在维德这样的度假牧场里找到。这些牧场的历史可以追溯到20世纪伊始，当时，随着铁路的扩建，通往美国西部更加方便快捷。随着牧场不断衰落，资金短缺的牧场主将度假牧场作为增收的一种方式。所以到现在我们还能接触和了解到牛仔文化。

在我看来其实牧场就是一个造梦的地方，让人们沉浸在昔日的旧梦中，在这个和现实毫无关联的环境中得到短暂的放松。亚利桑那州的旅程就要结束了，旅行就是一个寻梦、圆梦的过程，我们重新回顾百年前的传奇，体验那些浪漫而艰辛的流金岁月，感受西部大自然赋予的荒魅。传奇依旧是传奇，我们只是在自己的生命里增加了新的传奇。

 上：小牛仔拎着酒瓶走过午夜。其实牧场就是一个造梦的地方，让人们沉浸在昔日的旧梦中

 下（左、右）：维德牧场的晚餐party。女孩在练习用绳索套小牛，人们在篝火旁闲聊

South Africa

看清内心的未知
南非马场体验

悲喜交加的生活里穿梭着各式各样的人,强悍的、明朗的、内敛的、虚伪的、自我的、势力的,不知道从哪天开始,世界一下子大了好多,哪里都是风景。往昔的日子如钻石,在夜色里熠熠发光。在我的南非记忆中,都是含笑的嗓音、温暖的眼神。约翰内斯堡内心笃定的马场主、Agulhas独自仰望星空的老人,他们由于有着内心的热爱,在寂寞的环境中却生活得安然宁静。

和黑人马夫站在一起,他的脸在阴影中都找不见了

有人说我的性格不像白羊座AB型，不坚定，没有原则，飘忽不定。从非洲回来许久，印度洋的海风还在拂动着我的神经，海浪撞击，传来冷漠生硬的声音，心被一点点剥蚀，这只能让我变得更加飘忽不定。人想看清什么是自己想要的生活，不再飘忽，是多么重要。在南非约翰内斯堡的太阳城，我找到了一个小马场。这个马场比起太阳城里面的知名赌场，光顾的人实在是太少了，整个下午只有我和两个英国人，以及两个伊朗人。马场养了十几匹马，有一些有趣的名字，比如Moving Star（不是Movie Star），Rumble（也许主人想如《第一滴血》里的兰博一样勇猛）。细白的马场围栏周围种植了些热带的植物，满树紫红色的三角梅延伸在马房和调教圈中间，绽放出火辣的非洲风情。

马场建在野生国家公园的边缘，野骑出去不久就能看到羚羊等小动物，但是距离它们比较远。傍晚时分马场被镀上一层金光，黑人马倌Mack开始卸下鞍具，并把所有马赶回马房。这时遇到了马场的老板，他是一个50来岁的法国人，具有欧洲人的优雅，而他却长年生活在非洲，因为太痴迷于这里的生活。他告诉我马匹都是非洲本地的，并兴奋地带我看他的"baby son"，这是一匹有西班牙血统的两岁的小马，谈起它时，法国人的眼光在黄昏中是柔软的。我知道即使是在这跨越远洋的彼岸，他仍找到了自己的所爱。

在非洲最南端两洋交汇处的Agulhas，我做了Jake家短暂的访客。他的家是一座海边的小屋，典型的开普荷兰式建筑风格——白色的墙壁、黛黑色倾斜的草屋顶。屋前遍野开满黄色小花，好像新疆赛里木湖边的花海，一直从屋脚延伸到海里。他喜欢航海，喜欢和同伴长时间孤独地在海上航行，地上的竹篮子里面放满了Sailing杂志。我问他在这里独自生活是否会感到孤单，要是我早就被寂寞的潮水淹没了，而他在看了我好几秒以后，很坚定地回答："从不会感到孤单，一个人独居在这里，可以享受难得的宁静。"他告诉我夜晚的星空很美好，小小的木阁楼上放着星座的画册，能想象在寂静的夜晚他隔着玻璃仰望苍穹的浪漫。"有时候明月悬挂在黝黑的海平面上，非常大！"他比画了有脸盘那么大小。Jake让我感到生活从容的节奏，信仰让人心温暖充实，与其做一个苍凉的、无望的手势，不如一个淡泊的、会心的微笑。

站在南非大陆最南端的海岸边

上：在南非约翰内斯堡的太阳城，我找到了一个小马场
下：开心的黑人马夫，抱着一堆鞍子正准备回马房

上：紫红色的三角梅延伸在马房和调教圈中间,绽放出火辣的非洲风情
下：非洲舞者

France

冰峰映澄湖 — 驰骋法国阿尔卑斯山区

　　夏木尼（CHAMONIX）是法国勃朗峰脚下最著名的小城，《小王子》里的玫瑰城市，这里是世界登山运动的发源地。1786年，夏木尼的医生M.G.帕卡尔先生和水晶石采掘人巴尔玛首次登上了勃朗峰。自此以后，来自世界各地的登山爱好者们络绎不绝，这里成为了他们的朝圣之地。骑马徜徉在空气清新的山区，我的精神和身体被纯正的自然所紧紧包裹，在自然面前，欢愉与悲苦都显得那么微不足道。

在夏木尼附近的村庄中

从夏木尼镇徒步前往佛洛丽牧羊人小屋，山间的空气是如此清新，盛夏的山谷凉爽宜人，空气中弥漫着松树和花草的芳香气息，林中间或有清澈的溪流穿过。走到海拔1000米左右，山回路转，眼前豁然开阔，夏木尼小镇的一角呈现眼前，草地上鳞次栉比的山地木屋就在山下，而举目向上望去，是终年积雪的山峦。待到登上佛洛丽牧羊人小屋的露台，看到掩映在绿色藤蔓中的、有着铁制栏杆的小屋，大家都被这个盛开着鲜花，可以俯瞰整个山谷的地方深深吸引。

　　登山和滑雪一向是夏木尼的传统户外项目，我们却想玩出点新意来，骑上马儿在阿尔卑斯山区驰骋一番。在夏木尼镇附近找到了马场主的家，在堆满了滑雪板的木质走廊上，迎出一位穿着马靴和格子衬衫的女士，格子衬衫下摆扎在紧身的马裤中，很是飒爽，没人能看出她已经将近60岁了。贝贝是她的中文名字，她是早年居住在美国的上海人，后来喜欢夏木尼这个地方留了下来。她的先生老白是法国人，却是一口流利的京片子，曾经作为法国专家在中国居住过很多年，现在夏木尼开了滑雪学校，冬季教授滑雪。俩人俨然一对隐居在阿尔卑斯山中的神仙眷侣。

　　贝贝的马场里养了十几匹马，有可供野外骑乘的普通马，也有可以练习盛装舞步的顶级马，还有给小孩骑乘的pony马，个头只比七八岁的孩子高一点点。马场的名字是我们熟悉的"Panda"，甚至有一个笨拙的功夫熊猫的塑像。贝贝是个专业骑手，每天都要练习一两个小时。不过那些调教得很优秀的马匹是不能用于野外骑乘的，我们挑选了几匹普通的马进山了。

　　教练是一个本地的法国女孩，在这里，似乎谁都是身怀数种绝技的户外高手，她夏天是马术教练，冬天当滑雪教练，热爱这个地方和整天泡在大自然里的生活方式。她带领我们沿着溪边的山间小路骑行，大部分时间只是快步和慢步，到了平坦的山间小牧场，才可以放开缰绳奔跑一段，教练是很在意马的体力的。山中遍布林荫小道，迎面不时能遇到骑山地车和跑步的人，我们要及时拉紧马缰注意避让。

　　在马背上只要仰头就能看到高耸入云的山头，以及闪亮亮的冰河，连冰河前缘受重

白湖 (Lac blanc)

 上： 在趟过一小片冰雪混合的小坡后，白湖猝不及防地出现在我们面前。眼前的湖面，就像一颗晶莹通透的蓝宝石，镶嵌在大地上，在阳光照射下发出耀目的光芒，整体上所表现的意境平和恬美，富有诗意

下（左）： 六十岁的贝贝是早年居住在美国的上海人，后来因为喜欢夏木尼这个地方留了下来

下（右）： 我已经沉醉在夏木尼的湖光山色中

力挤压形成的碎冰都看得一清二楚。有时也会经过精致的村庄，马蹄声打破了村中的宁静。这里的建筑都是两三层的传统木屋，房前屋后种满了鲜花，马儿经常喜欢凑近嗅嗅花香。

马有特定的行进路线，有的路线是马儿不允许进去的，我们只能徒步前往。白湖（Lac blanc）是隐藏在深山里的一个绝美的高山湖泊，我们将沿着脚下的石子路徒步向山顶进发。出发不久，宽大的石子路逐渐变得狭窄，碎石逐渐变大增多，道路也更加崎岖起来。不过移步换景，在这一定的高度上已经能领略到阿尔卑斯的壮观：若干雪峰在眼前排列成线，其中多条冰川如流苏般从两山之间的凹槽中垂下，优雅地延伸到山腰。雪山峰群一直在山谷的另一侧和我们的徒步路线并列而行，忠实地做着徒步者虚化的背景。

一路指向的路牌都很清晰，在翻过一小片冰雪混合的小坡后，白湖猝不及防地出现在我们面前。眼前的湖面，就像一颗晶莹通透的蓝宝石，镶嵌在大地上，在阳光照射下发出耀目的光芒，整体上所表现的意境平和恬美，富有诗意。绕到湖的另外一边，又是另外一番景象：秀美挺拔的雪峰倒影在湖水中，营造出纯粹、宁静的氛围。远山、近湖，远近层次都显得合理、协调。蓝天下远山威远宏大的气势直面扑来，一抹云雾缭绕在山顶，层次分明，极具视觉冲击力。我在湖边的餐厅要了一杯咖啡，沉醉在这湖光山色中。

自然之中蕴藏着隐秘的滋养生命的力量，"当你在商业、政治、交际、爱情诸如此类的东西中精疲力竭之后，你发现这些都不能让人满意，无法永久地忍受下去——那么还剩下了什么？自然剩了下来：从它们迟钝的幽深处，引出一个人与户外、树木、田野、季节的变化——白天的太阳和夜晚天空群星的密切关联。我们将从这些信念开始。"在美国诗人惠特曼时代很容易做到的，在今天却成为了奢侈。也正因为如此，一种纯正、深刻而长久的欢乐也越来越离我们而去，渐行渐远，现代生活中的诸多享受，并不能够填补它的离去给内心所造成的空洞感。在阿尔卑斯深山中，我的身体和精神被纯正的自然紧紧包裹，它是最好的情绪调节器。欢愉，会因自然的美丽而放大；悲苦，也在其面前被减至最小。

夏木尼 CHAMONIX，是法国勃朗峰脚下最著名的小城，《小王子》里的玫瑰城市，这里是世界登山运动的发源地

Bhutan

愈简单愈幸福
探访幸福之国不丹

在不丹旅行，可以呼吸到清新的高山空气，看到色彩鲜艳的民居、小而精致的城镇、雄伟的宗堡，以及迎风招展的经幡，身着不丹传统服装的学生、公务员、商人、农夫。不丹的治国方针是"国家幸福指数GNH（Gross National Happiness）"，这是第四世国王吉美·辛格·旺楚克提出的，使得不丹成为世界上第一个以幸福为发展目标的国家。骑马上山抵达不丹的标志虎穴寺，内心无比平和，原来幸福的要义是放下对幸福的执念，一旦放下它自然会来。

不丹的男人都穿裙子

从尼泊尔加德满都飞往不丹帕罗，是我坐过的沿途景色最壮观的航班了。喜马拉雅山脉延绵在左边的舷窗外，诸峰凸起，有的形状优美，有的曲线柔和，再加上云雾缭绕山脚之下，白云徘徊山顶之上，确实给人虚幻之感。其中最大的山峰，即是海拔8000多米的干成章嘉峰，这若干登山者所向往，甚至为之付出生命的山峰，果然姿态威仪。

飞行时间非常短暂，还不到一小时，但降落的时候颠簸得非常厉害。由于帕罗山谷到了冬季，每天下午都会刮起大风，甚至有时候难以降落，前一天的航班几乎在附近盘旋了两个小时才落地。飞机如同过山车一般，我几次被离心力甩离了座位，又被安全带拽了回来。而走出机舱时所体会到的宁静祥和之感，则和这样猛烈的降落形成了鲜明的对比。当时正值夕阳时分，年轻的第五世国王和王后依偎在紫色兰花楹下的巨幅喷绘照片迎面欢迎着每一个抵达的人，让人没有理由不相信，自己来到了一个幸福的国家。

我在一堆穿着裙子的男人中间一眼看到了雷龙，他是原味不丹旅行社的老板。临行前我在杨二车娜姆的书中看过对他的介绍，没想到来接我的正是他。从帕罗到首都廷布有一个小时的车程，两车道的柏油路类似于我国的省道，几乎都是蜿蜒的山路，后来才知道这段已经是不丹境内最好的公路了。车窗玻璃上粘着两面小国旗，一面是不丹的国旗，另一面则是印度的国旗。雷龙说因为不丹与印度的外交关系非常好，大部分必需品都依赖于印度进口。甚至由于不丹是以佛教作为国教，不杀生，老百姓吃的各种肉类都是从印度进口的。我们第二天逛菜市场时候果然发现没有肉卖，吃肉的话要都到专门的肉店去购买进口肉。

脑袋圆圆的多吉被台湾游客叫做"阿福"，于是他叫自己"福多吉"。他是不丹仅有的五名能说中文的导游之一，而且是最好的一位。有趣的是，他流利的中文是在印度学的。他毕业后曾经做过一段时间英文导游，但他的伯伯让他去印度学习中文，于是便在印度的一个语言学校进修了两年。不丹每年上大学的人数很多，包括前往印度、澳大利亚、泰国等地的，可大部分毕业生回国并不好找工作，导游在不丹算是收入非常

飞往不丹廷布的航班舷窗外的景观

 上：多吉驻足在仲萨宗外。他是不丹仅有的五名能说中文的导游之一，而且是中文最好的一位

下（左）：多吉和朋友在他曾经上学的小学校门口

 下（右）：通萨附近的路边遇到匆匆行走的妇人。不丹的交通不便，山区的人们出行大部分靠步行，她们普遍平和乐观

好的职业，而且很体面。"那你要感谢你的伯伯。"我说。他点了点头说："同时我也很感谢梁朝伟。"很多中国人知道不丹是因为梁朝伟和刘嘉玲在不丹的大婚，人们开始对这个喜马拉雅边上的小国产生了向往。不丹第一支柱产业是水力发电，第二支柱就是旅游业，第三支柱才是农业。中国是继日本、美国之后第三大客源地，会说中文的导游一下子变得非常抢手。

多吉带我们来到他的老家Chendebji，这是一个从普纳卡（Punakha）到通萨（Trongsa）之间的小村庄。村口是他小时候就读的小学，现在正在放寒假。这里冬天较冷，寒假放两个月，而暑假则只有两周。门口的木板上写着一些校规和一些守则，细看起来很感人，大部分是非常优美的文学化的标语，如"Nature is the source of life"，另外要求上学必须穿国服。保持传统文化、关爱自然的教育从小就深入人心。

进入村庄，几个村民正在研究一份文件，其中有他小时候的同学Zinzang Dorji，他在距离这里五小时车程的地方当教师，现在放假在家务农。政府刚刚颁发了土地所有权证书，他家的土地是7亩多。他们的土地是每三年丈量一次，换一个新的证书。地里大多种植些马铃薯和小麦，收获季节有人专门过来收购，出口到孟加拉和印度，同时换回一些大米（不丹只能种植大麦、红米，没有白米）。多吉家的地只有二弟一个人在种植，他的三弟在印度的一个军官学校学习，回国后会去皇家军队服役。

民居共三层，一层用来放置一些杂物，二层是厨房和住所。以前一层是用来饲养牲畜的，但1998年以后为了卫生，国王规定一律取消，将牲畜统一饲养在居民区边上的牛栏里。房屋是统一的木结构建筑，在这里木材非常丰富，不丹的植被覆盖率高达72%。如果需要砍伐树木修房子，就要给林管部门交费，每砍三棵树才交一美元，最多可以砍100棵树，但这里基本没有乱砍乱伐的现象。我们上了他家的三层，这里是经堂，供奉着佛像，点着长明的油灯，尊贵的唐卡被严实地包裹起来挂在墙上。这里一般用来会客，不住人的。他们的生活习惯以及环境和我们云南的纳西族、藏族非常接近。弟弟羞涩地靠在门边，64岁的母亲也过来坐坐，他们所一致呈现的是友好的微笑。

吃喝一番后我们几乎走到村口的时候，他的朋友Zinzang Dorji已经脱下传统服装"帼"，换上便装穿着白色耐克球鞋跑了出来，背上背了一副弓箭，今天是星期日，他准备到山下的村子去射箭。他说："你们太忙，看，我们就有很多空闲时间去玩儿。"没有压力的悠闲生活，也是幸福的首要条件吧。

虎穴寺位于不丹帕罗山谷海拔800米的峭壁上，一般是从山底徒步登山前往，用以考验信徒的诚心。虎穴寺被认为是不丹最重要的寺庙之一。这所寺庙的历史与公元8世纪时期莲花生大师的访问紧密相关。相传莲花生大师乘坐飞天雌虎到了此处的山洞里冥思修行，因此被称作虎穴，随后去了不丹东部的修行圣地僧格宗。1692年不丹第四位摄政王丹增热杰耗时三年建成虎穴寺。

有说法是："如果没有去过虎穴寺，就等于没去过不丹。"大部分旅行者徒步攀登虎穴寺，虽然稍微劳累，但使人的精神充溢安乐，而我为了体验骑马的乐趣，选择了骑马上山。

山脚下，众多马匹在松林间静静等候，从马的鞍具到马背披的汗屉，再到马的体型，都和中国藏区的马非常接近。同样接近的还有阳光从松树之间洒下的感觉，包括一路的五色经幡，以及路边的经过溪流边的转经筒，以至于路上总是恍惚感觉像骑马走在云南梅里的转经道上。路上有两处专门给马饮水的水槽，为马儿考虑得很周到，正好到马脖子的高度，马儿不费力就能喝到干净的泉水。冬季的不丹非常干燥，马蹄扬起的灰土弥漫在山路上，还有一些日本人和台湾同胞也骑马上山，为了避免把自己笼罩在灰尘里，我勒住自己的马和他们拉开了距离。

马夫是一名妇女，当她回头跟我友好地露齿微笑时很骇人，她的牙齿几乎全是黑色，而且是血红大嘴！下马后研究她手心里随时往嘴里放的那些植物才知道，是槟榔，这是她们日常的零食，常年嚼食槟榔就打造出了墨齿红唇。据说嚼槟榔能让人血流加速、精神倍儿爽，这可就是我们难以体会到的感受了。

在一个山路拐弯的地方松树稀少，虎穴寺完全展露于眼前。在对面一座山几乎垂直

 上： 虎穴寺（Taktsang）位于不丹帕罗山谷海拔800米的峭壁上，被认为是不丹最重要的寺庙之一

 下（左、右）： 大部分旅行者徒步攀登虎穴寺，道路虽然稍微劳累，但使人的精神充溢安乐，而我为了体验骑马的乐趣而选择了骑马上山

 上、下(左)：村庄里墙上绘制的鲜艳的图腾崇拜，每家每户都将巨大的阳具当做门神，在不丹人看来，飞天阳具是不丹佛教神圣的辟邪宝物之一

 下(右)：不丹全国只在首都廷布有一个"红绿灯"，还是人工指挥的岗亭。曾经安装过真正的红绿灯，但是人们不习惯，反而引起了交通混乱，后来就被拆除了

的峭壁上，虎穴寺像一块山石牢牢镶嵌在岩壁的中央，彰显着它的尊严。马匹只能行进到和虎穴寺平行位置的一座山的半山了，要从这里徒步下到这座山的谷底，再向上攀登到对面山上的相同位置，才能真正到达虎穴寺。

和很多寺庙一样，虎穴寺也曾遭到大火的灭顶之灾，后于1998年重建，但依旧保持了原来的面貌。虎穴寺里有多座佛堂，包括当年莲花生大师修行的山洞，里面供奉着莲花生大师的怒形化身——多吉卓洛，他踏在一尊雌虎之上，这便是当年莲花生大师来此修行的描述。虎穴寺所有的殿堂都不是很大，很多都是依山据地不规则地修建而成。壁画全部都是先绘在布上，再粘于墙上，要比直接在墙上画更加细腻，其内容多为普巴金刚之类的护法神。

在不丹旅行每日都要拜访不同的"宗"和寺庙。一开始我们不太能区分，对不丹的建筑进行了一定的了解后，就很容易分出来了。"宗"的外观就像一座城堡，早期具备防御的功能，现在成为不丹每个区（省）的政教中心，外观多为椭圆形或方形；而寺庙则上部有红褐色的条纹，顶端有金色的小尖顶。"宗"和寺庙代表着不丹宗教的精神核心。

不丹语"其米拉康"意为"没有狗的寺庙"，传说送子观音在此修行时制伏了所有当地魔鬼变成的狗，送子观音是从西藏过来的，到每个地方都有一个太太，同时这里被认为是女人可以前来求子的寺庙。公路和停车场并没有修到寺庙门口，到达这里要穿过一个村庄和一片稻田，徒步半个小时左右。

这样的安排让我们有机会慢慢欣赏村庄里墙上绘制的鲜艳的图腾崇拜，每家每户都将巨大的阳具当做门神，在不丹人看来，飞天阳具是不丹佛教神圣的辟邪宝物之一。穿越稻田的时候，一颗浮躁的心慢慢静下来，我怀着安宁的情绪走进其米拉康。在寺庙里主持会用一个木制的阳具轻轻敲打来客的头部，据说能够带来好运。

出了寺庙，眼神很好的多吉在远处山间的公路上发现有国王的车队驶过："看，路虎车，车牌是XXXX，一定是国王的座驾，他们要去普纳卡！"我们惊讶道："距离好几公里，你居然能看到车牌？而且还知道是要去普纳卡？""哈哈，多远看到我都知道。"在不丹,每个人提到国王时,你都能从他们的眼神和情绪中,感到无比的仰慕和爱戴。现在的第五世国王吉美·格萨尔·纳杰·旺楚克秉承父亲早在1970年就提出的理念,认为GNH比GDP更重要。如今上下同心,人民对国王也非常的爱戴和认可,整个国家都处在一种和谐和平衡之中。

普纳卡宗(Punakha)也是下午我们即将前往的地方。2000年11月第五世国王的加冕典礼就在这里举行;2011年10月13日,第五世国王的婚礼大典也在此举行,可见其重要的地位。这里相对气温要高一些,所以冬天国王也会来这里避寒。普纳卡宗有着"全不丹最美丽的宗堡"的美誉,整个建筑群处在颇曲(意为父亲河)和母曲(意为母亲河)之间,两河环绕普纳卡宗奔流而过。当我们的车在距离其一两公里外的山路上停下俯瞰它时,果然能感受到它的壮美俊朗。

多吉在进入普纳卡宗之前,取出一块米色的布斜披在身上,这是他们进入宗教场所之前必须准备的,以示尊重。国王的车队果然停在后院,但是院门紧闭,看起来戒备森严。五月应该是这里最浪漫的时候,整个宗堡将被高大的蓝花楹所包围。

我问多吉是否经常重复相同的路线会感到无聊,但他不这样认为,因为每次到寺庙他都可以去朝拜,而其他人则需要安排单独时间和行程前来朝拜。作为虔诚的佛教徒他能一直积累功德。

颇布季卡(Phobjikha Valley)是一个狭长的山谷,我们刚刚从山边的公路斜插下来进入山谷,就见一队黑颈鹤展翅掠过,眼前的景象宛如童话,有点像儿时看的《尼尔斯骑鹅旅行记》,只是它们背上少了个小人。这里是黑颈鹤传统的栖息地,它们每年冬季从西藏迁徙而来,成为唯一能飞越喜马拉雅山的候鸟,这个小小的山谷也成为冬季不丹的观鸟胜地。

这里海拔约3000米,冬季还是很寒冷的,几个年轻人在山坡上一边烤着火,一边守着两架高倍数的望远镜。在他们指点下我在镜头中发现了大批聚集的黑颈鹤,若干黑白相间的圆点密密麻麻凑在一起,而离开望远镜肉眼却很难发现这个聚集地究竟在哪里,

上：颇布季卡（Phobjikha Valley）是一个狭长的山谷，这里是冬季不丹的观鸟胜地。早起树林中被一层白雾所笼罩
下：黑颈鹤飞过农田。它们每年冬季从西藏迁徙而来，成为唯一能飞越喜马拉雅山的候鸟

当地人说总的数量有四五百只左右。可以看见其中有一些就散落在山谷中的湿地中央，我下了公路在沼泽中徒步了一段，试图距离黑颈鹤更近一些。看起来是厚厚的草地，但走起来却深一脚浅一脚，极易下陷，不一会儿鞋子已经被稀泥包裹了。双脚越陷越深，无法再深入草滩深处。而远处有位喇嘛的一袭红衣在荒草丛中非常扎眼，他非常轻松优雅地行走着，似练就了一身轻功，且经过黑颈鹤群时鸟儿不惊。此时感觉自己确实是一个外来的闯入者，这里的人与自然本身已经达到了和谐，我们只是看客。

不丹政府在1980年颁布了严禁捕杀鹤类的法律条文，任何杀害黑颈鹤的人都将被判终身监禁，这也让黑颈鹤能无忧无虑地生存繁衍。在这片宁静的国土上，连动物都是幸福的。

 左： 每次有人射中靶心，大家就举起弓箭大声欢呼

　　射箭是不丹男人必须学会的技能，每逢节假日村里都会举行竞赛。1月2日正好是冬至节，在从颇布季卡前往通萨途中的小村庄Chumey，我们遇到了一场正宗的射箭比赛。男人们身着颜色鲜艳的民族服装"帼"，在相距140米的两端各站一队，两边各有靶心和掩体。射箭比赛一般18个人，最多不超过22个人，以最先射满25点为胜。

　　瞄准、射击，每次有人射中靶心，大家就会围成一个圈唱唱跳跳一阵子，并举起弓箭大声欢呼，感觉很有远古狩猎时候的粗蛮古风。射中的人可以去中段侧面的桌子上领一个彩色的布条挂在腰间，很明显有的射手腰间飘满了彩条，可有的射手腰间却空空如也。

　　当箭离弓的时候，对方一组人可以躲在粗木头搭的掩体后面，看起来比较靠谱，因

中：男人们身着颜色鲜艳的民族服装"帼"，在相距140米的两端各站一队，两边各有靶心和掩体
右：射箭需要的是耐心、静心、恒心

国外 | 65

为箭头飞起来可是不长眼睛的吧。而后来我在首都帕罗街头看到人们玩飞镖,两组人互相拿着飞镖向对面的方向投掷,一方的飞镖一投出,对方一组人的脑袋都凑在一起围着一个很小的靶心,很关注地看是否能射中,中间留的地方也不是特别大,每次我都怕那众多的脑袋会被对面飞来的飞镖击中。不过多吉淡定地说:"不会的,他们都射得很准的。"这项不丹男人五岁就开始学习的技能,也许从来不会失手吧,我确实担心过头了。

射箭需要的是耐心、静心、恒心,我觉得这几点不丹男人的性格中都具备了。心不定则无法集中精力,没有恒心则不可能长年累月简单地进行重复。不丹人普遍性格平和,无浮躁暴戾之气,不知是箭术造就了不丹人的民族性格,还是民族性格使得这样的运动蔚然成风,总之,相互定有契合之处。

人们使用的已经都是现代进口弓箭,这样的箭射程远,也比较精准。一般的复合弓箭价值两三千元,好的则一两万元,所以弓箭在某些家庭甚至可以说是最值钱的财产了。而我在颇布季卡的村庄里同时也看到了竹子做的传统弓箭,似乎是手工制作的,看上去没有那么精良先进,但非常原汁原味。

我们在不丹的几日中,只要逢周末或者节日,路边都能看到身着盛装的人们在射箭。无论是在田里劳作还是去寺庙朝拜,休息时都会射箭,这大概就构成了不丹人的日常生活,朴素而简单。从外面来不丹的人经常会问当地人:"你们是很幸福吗?"他们往往笑而不语,看来幸福这东西不可言,当你放下对幸福的执念时,也许它就来了。

上：抽烟的男子
下：布姆唐一家酒店的墙壁上，阳光留下了我喜欢的光影。在不丹旅行，更多感受到的是心灵的宁静

Hungary

匈奴遗风 —— 观匈牙利骑射大会

像击溃日本武士和瑞士长枪兵一样，在火药把马背上的弓箭手从历史中完全轰下来之前，马上骑射是一种两千年来一直威胁着整个欧亚大陆城市文明的军事技术。匈牙利是一个位于欧洲中部的内陆国家，公元4至5世纪时，匈奴铁骑一度占据过喀尔巴阡盆地。现在，许多匈牙利男子还使用"上帝之鞭"匈奴王阿提拉的名字。在匈牙利依然保留着骑射这一马背民族传统技艺。2008年7月5日，来自美国、德国、意大利、中国等国的骑射手的聚会在匈牙利Somogy州的Kassai山谷举行。郭磊是旅居匈牙利的中国人，同时也是一名骑射爱好者，在骑射大会前夕向马友们发出了邀请。国际骑射大会期间，他将会让一面中国国旗飘扬在会场。这样难得的场面，我当然不能放过前去观摩的机会。

我刚到它的脖子

弓箭手们穿着复古服装骑行在山坡上

我们从布达佩斯租车自驾前往骑射学校所在的小镇考波什堡（Kaposvar）与郭磊会合。学校所处的山谷，风景和气候都很宜人，是其创办者Kassai Lajos最早发现的。当年他经常在附近的马场牧马，每次发现走失的马匹，都在这个山谷被找到。于是他认为这一定有某种灵示，遂将学校选址于此。如今这里不仅仅是一种运动的中心，也是一种崇拜的中心，一种生活方式的中心。

这里的建筑非常特别，屋顶尖削，远观如一套古时的盔甲；墙壁层状垒砌，据说是模仿雄鹰翅膀的羽毛层叠。盔甲内部是一间各种电教设备齐全的教室，骑射理论课在这里进行教授。马廊在教室下方一个长满了荷叶的小池塘对岸，内有十几匹优良的阿拉伯马。

从外部看，这里是一座绿草如茵的山谷，郭磊带我们细细看来，才发现在那些柔和的坡地曲线中间，隐藏着不同的练习骑射场地。这些场地有的是半开放式，仅带有顶棚，一侧为等距连续排列的草靶，一侧为供马匹行进的跑道，骑射手可以在这里练习在奔跑的马背上正向和回身射击；有的是封闭式的室内场地，沙土铺面，除了平日的练习外，还能举行大型的聚会；在山谷中还隐藏了很多靶点，骑射手需要徒步逐个前往射击，有的在矮木间，需要跪射，有的在山洞口，需要匍匐射，有的在土堆的背面，需要回身射。徒步走完所有的靶点，需要数小时。室外的场地极富特色，除了马匹的调教圈外，还有一个环形的凹地，学员们经常在这里玩一种游戏，放置一个足球在场地内，每人手持弓箭，分两队对球射击，用射出的箭推动足球前往既定的球门，先入者为胜。这是我见过的最奇特的球赛了。

郭磊提起他的老师Kassai Lajo总是以异常尊重的口吻。Kassai Lajos擅长骑射，长年致力于推广这项古老的民族技艺，在匈牙利具有很高的声誉，在当天举行的国家盾牌奖的颁奖仪式上，他重装出场，获此殊荣。同时获奖的还有其他一些匈牙利民族主义者，如著名政界人士、医生、艺术家等。他不仅是老师的身份，更是整个骑射界的精神领袖。任何一个知道有关匈奴人和马上骑射故事的人都会提起他。历史学家、传记作家约翰·曼（John Man）在最新出版的《上帝之鞭阿提拉》一书中曾阐述了对此人的理解："Kassai

上: 骑射大会开场,所有骑射手排列成方队,徒手练习骑射的基本动作
下: 学员们带马在水边列队,她们每人手里拿着一面羊皮鼓,骑马时击鼓,训练有素的马匹并不会受惊

Lajos像一名修道士一样听从召唤，循着道路，达到了他的目标。但是，他又不像一名修道士，他不是寻求通过一种教学或一个组织或一位老师来找到他的方法和目标。他的方法和目标是他自己独有的，这两者都包括了一种特别的体力和脑力活动的结合，这种战士通过达到内心的平衡来磨炼自己的战斗技能。在他身上有一些禅宗武僧（Zen warrior）的因素，与他们不同的是，他必须成为自己的老师，发明他自己的宗教，他也正是这么做的。他已经为此花了20多年的时间。"

在我们在骑射学校四处闲逛的时候，多次遇到Kassai Lajo，这是一个富有魅力的中年男子，眉宇间有种坚定与决然。这个山谷中骑手们的家园是他一手建立的，他在查看各种场地和设施的情况，向学员们安排次日活动的细节。他的妻子也亲力亲为，在房屋背后的田地中起身跟我们打招呼，此美女据说是匈牙利的知名演员，而此刻正头披一片方

左：郭磊代表中国参加骑射大会，展示着会场上唯一一面中国国旗
中：骑射手们随着手中每一支弓箭的离弦，口中都发出同样的喊声

巾，在给植物施肥除杂草。

　　来自各国的骑射手们大部分在山谷中搭起了帐篷露营，早晨我踏着露水来到营地的时候，骑射手们还在酣睡中，即使旁边马匹的嘶鸣也没有使他们从昨夜的烈酒中醒来。旁边是已熄的火堆，上面的吊锅里面还有残留的肉汤，看来骑射手们延续了匈奴民族的传统，用篝火烹煮食物。中间两个白色的大帐是炊事帐，帐内散落着剑鞘、弓弩，木碗中留有奶茶，带有皮套的小刀旁是切了一半的肉干。一切场景都让我感觉像是进入了逐水草而居的草原民族营帐。

　　山顶的固定毡房是Kassai从哈萨克斯坦运来的，骨架和外敷的毡料都很纯正。不同的是门口的木桩上架有风干的马头，鬃毛在山风中飘动，给人以苍凉之感。古老的毡房提醒骑射手们不忘游牧民族的传统。

 右：马匹卧倒的训练，即使人拿长鞭挥舞，马匹仍然趴在地面纹丝不动骑射手们的服装也颇具匈奴遗风，为传统的合页及膝长袍，腰间缠以布带。而靴子均是马靴，讲究一些的则是前端微翘的古典式样，靴筒饰有复杂的花纹。装扮看起来与蒙古人非常相像，只是如此东方的装束配上西方的面孔看起来有些怪异。

骑射大会开场，所有骑射手排列成方队，徒手练习骑射的基本动作。Kassai在前方带领，全体人员随着动作的节拍，发出有节奏的喊声，配合孔武有力的动作，整体传递出一种昂扬的武士精神。前方的Kassai周身似乎具有一种一呼百应的魔力，创造着极富凝聚力的气场。

精彩的骑射表演开始了，骑射手们随着手中每一支弓箭的离弦，口中都发出同样的喊声。现场还有许多学员在做服务工作，如树立靶心、移动道具等等，同样一丝不苟。来自美国的Todd说，学员们学习的不仅仅是简单机械地从一匹疾驰的马背上射出一支箭，更要培养一名战士的灵魂和心。我问郭磊如何才能成为一名骑射手，是不是需要极高的骑术和箭术才行，郭磊的回答出乎我的意料："骑术和箭术是次要的，关键是人品。要具备团队精神、牺牲精神，乐于为他人服务，这是真正的武士精神。只要人品得到了大家的认可，有三名骑射手推荐，就可以成为其中的一员。"

中国人发明了马镫，不过此刻所有的骑射手都是无鞍骑马，回归到了马术最原始的状态。骑手感受马的躯体、肌肉、汗水、呼吸，与它融为一体。偶尔用蹬的项目是双人骑马，一人踩蹬站立在另一人的背后，在马背上站立射击。

难度最大的姿势是"帕提亚"越肩射击，也就是"回马"射击：保持腰部前倾同时身体回转180度。他可以把自己变成一个圣陶（centaur，这是希腊人发明的半人半马怪物，用来作为斯基泰人骑射手的象征）。

"我相信生活考验了所有的人，但真正幸运的人是那些选择了他们自己的尝试，并使这些尝试成为他们所能承受的最大考验的人。"

骑射大会是以两对骑射手的婚礼作为结尾的,也是整个活动独具风情的部分。芳草萋萋的山坡顶,两名背着剑鞘的骑射手与自己的心上人手拉手,站立在熊熊的篝火旁

上: 众多的骑射手骑着高头大马环绕在新人的周围作为陪护和见证
下: 两名背着剑鞘的骑射手与自己的心上人手拉手,站立在熊熊的篝火旁,在神父的面前定下终身

马匹大部分是阿拉伯马,这种马的特点是非常敏感,容易受惊。而现场的驯马表演改变了人们对阿拉伯马的看法。马匹排列成队,十几名骑手打着手鼓从队列中穿梭而过,马匹安静从容地站立,毫不焦躁。另外一个表演是骑手坐立在马背上,让马徐徐躺倒,再徐徐站立,表现出人马极大的亲和力。

骑射大会是以两对骑射手的婚礼作为结尾的,也是整个活动独具风情的部分。芳草萋萋的山坡顶,两名背着剑鞘的骑射手与自己的心上人手拉手,站立在熊熊的篝火旁,在神父面前定下终身,众多的骑射手骑着高头大马环绕在他们周围作为陪护和见证。夕阳中望着这欢腾的人群,我相信他们是幸福的,如Kassai所说:"我相信生活考验了所有的人,但真正幸运的人是那些选择了他们自己的尝试,并使这些尝试成为他们所能承受的最大考验的人。"

Xinjiang

寻羊记

新疆富蕴跟随哈萨克牧民转场

新疆北部的阿勒泰地区，自北向南有高山、河谷，以及大漠戈壁。北高南低，跨度近千公里，形成了鲜明的气候差异区。而哈萨克民族自古就有"逐水草而居"之说，牧人和他们的畜群，一年四季就围绕着这三个区域往返奔波。初冬来临，牧民举家向冬牧场——就是人们常说的"冬窝子"迁徙。"冬窝子"是严冬时节牧民们为畜群所选防寒避风的地方，通常为环形山谷、盆地。以乌伦古河为界，以南的地区基本上就是哈萨克族牧民的冬牧场，紧临着古尔班通古特沙漠的准噶尔盆地。秋末冬初，我们来到富蕴县可可托海，本想目睹一次浩荡的转场，可由于一系列的阴差阳错，我们错过了最佳的季节，结果整个过程变成了一次戏剧化的"寻羊之旅"。

跟着牧人去转场

在新疆北部骑马穿越，涉水过河的情况是经常遇到的

我们在乌鲁木齐碾子沟汽车站与米拉别克会合，这个有着红苹果一样的脸蛋儿和一双细眼睛的14岁哈萨克孩子在乌鲁木齐上学，我们将跟他回到他的家乡富蕴县杜热乡，和他的家庭一起转场。

经过一天的长途颠簸，我们到达北疆富蕴县城，不料米拉别克说先要独自回到杜热乡与家长联系转场的事宜和需要的马匹，其间需要两三天。而在此期间我们只能在富蕴县城休整等待，本以为立刻就能跨上马背的我们，只能将昂扬的情绪收敛起来。

可可托海是我们暂时能消磨几日的地方。我们把东沟和西沟走了个遍。西沟保留着北疆最原始的面貌，山路上铺满潮湿的落叶，河流已经被薄冰覆盖，山坡上凋落了一半的白桦林铺陈出一种厚重忧郁的调子。而东沟已经是成熟的风景区，配备了昂贵的区间车，柏油路长驱直入。景区入口处豪华的卫生间采用了最先进的微生物分解技术，而且门厅居然配备电视和沙发！

我们住在了接待户努尔兰家。她曾经也过着游牧生活，现在定居在景区里做旅游接待生意。像这样的牧民如今也很多，虽然有牛群羊群，却将放牧以及转场的活儿承包给了别人。夜静了，游人散去，浩瀚星空下这才是真正的可可托海。院子一片漆黑，如厕需要穿过羊圈，拐过山芋地边的草垛。厕所围墙低矮，四面透风，刚生完小羊的母羊在面前与我们对视，令人忍俊不禁。这一切原始而生动，却自然地向着非游牧生活方式渐渐迈进，这是一个序曲，让我们先隐约领略了转场这一古老传统的新变化。

返回富蕴联系米拉别克，电话却怎么也接不通。我们做了各种分析：他的家在荒原上没有信号？他回家后没有和父母协调好，不好意思再联系我们？他病了？出了什么意外？想起离开乌鲁木齐的时候，同行的还有米拉别克的同伴叶尔布拉提，当时他在车上眉飞色舞地给我们讲他学柔道的事，令人印象深刻，我们互留了电话。而此刻，他的电话可以打通，他说家里有车、有马，附近还有转场的牧人，于是我们前往他所在的库尔特乡。

叶尔布拉提的家在草原中，并没有具体的地名，而且路线的描述相当含糊，比如"公路边下路基走土路，到一个停着卡车的岔路走左边"之类，但我们仍然还是误打误撞找

 上: 可可托海西沟保留着北疆秋季最原始的面貌,哈萨克人的墓地静静伫立在山岗上
下: 叶尔布拉提的家是这片草原上唯一一个不转场的毡房,因为他家是一个商店

到了这个草原中孤零零的毡房。可我们的情绪还没来得及高昂起来就被打压得更低——事实上周围的牧民都已经搬迁完了，这是这片草原上唯一一个不转场的毡房，因为他家是一个商店。毡房搭在转场必经的路边，内部搭着分层的铁架子，摆着各种食品和生活用品，远处一个健壮的哈萨克女孩骑马过来买盐，又翻身上马消失在草原深处，随着马蹄声逐渐远去，我们转场的线索又像风筝断了线。

可是既来之则安之，静下心来体会，这草原的普通一隅仍有生活的规则。旁边三角形的简易毡房是真正用于游牧的移动帐篷，厚厚的毡布里传来婴儿的哭声，宝来瑞，一个应该是诞生于转场途中的婴儿，用她稚嫩的嗓音给这片草原带来新的生机。她的母亲克孜古丽，头戴鲜艳的红色头巾，挑开帐帘忙进忙出，她的笑容明朗而恬静，在她的脸上看不到任何因艰辛的游牧生活而产生的悲苦。

我们的帐篷就搭在三角毡房旁边的芨芨草丛中，这里空气纯净，繁星满天，夜覆盖着沉睡的毡房，远处的狗吠和近旁骆驼的叫声更衬托着夜的静谧。然而心里是忐忑不安的，不知明天何去何从。

草原的早晨是忙碌的，克孜古丽在晨光中挤羊奶的身影，是最美好的画面。同时我们有了新的线索，同样让人心情愉悦，重新充满了美好的希望。通过各种关系联系到了吐尔洪乡的乡长，他很肯定地表示，乡上那么多家庭，总能找到转场的，即使都已经出发了，也能追上走到一半的家庭跟他们继续转场。

乡长此时在富蕴县城办事，让我们接上他一起回乡上。可见面后他说事情还没办完，是否能在县城多等他一天。可这是最后的线索，我们也只能耐心在县城住下，等待次日和他一起出发。呜呼，此时和我们预计出发的时间相比已经过去一周多矣，我们还没见到属于转场途中的任何一撮骆驼毛儿或一堆羊粪蛋儿！

富蕴吐尔洪乡几乎是北疆最冷的地方，遭遇西伯利亚强冷空气袭击的时候，冬天气温能达到零下50度。九月底是一年中最好的季节，此时庄稼收割完了，人们也放松了，村子里正酝酿着一场盛大的哈萨克婚礼。乡长劝我们不要着急走，留下来先感受下当地的婚礼,这可是难得一遇的好机会,一边参加婚礼一边再帮我们联系转场的事情。好吧,事已至此,再耽搁一天倒也无妨。

婚礼场地就在新房的门口,已经用铁架子撑起了大型的帐篷,里面可以放置十个圆桌,容纳不少客人。我们被请进来喝茶吃馕,奶茶添了一碗又一碗。零食顺序上完就该主食了,大盘的抓饭管够,米饭在大盘子里码放整齐,上面放置着诱人的手抓羊肉,吃到你不好意思吃为止。抹完嘴上的油想起来应该去交婚礼份儿钱,收钱的屋子就是婚房,里面坐了几个哈萨克大婶,每收一笔都喜笑颜开,记录在一个本子上。此时门口一阵忙碌,男人们开始往里抬各种嫁妆,有无数大皮箱子、大木头箱子,有成卷的地毯,看起来这姑娘家很是殷实。

接新娘的环节开始了,传统该是新郎和伴郎们骑着骏马,簇拥着向女方家娶亲,不过现在改成了车队。我翻身爬上了其中那辆开路的卡车,这辆车带着音箱和歌手,一路很是拉风。强劲的音乐节奏就在耳边,哈萨克歌手拿着麦克风,白杨斑驳的树荫掠过他金色的头发和英俊的脸庞,我们开始在宽敞的卡车上载歌载舞,沉醉在这幸福的晕眩中。迎亲的车队接了新娘回到半路上要找一块宽敞的地方停下来,所有人从车里出来跳唱一番,无比欢乐。待车队回到新房,很多人已经等候着了,戴着白色头巾的新娘的婆婆拿出"恰什吾"(即奶疙瘩、乳饼、糖果、包尔萨克等混合在一起的食品)撒向人群,欢乐的气氛达到了高潮。

新娘和新郎来到父母房前正式举行婚礼,新郎和新娘向长辈和来宾三鞠躬。这时那个卡车上的英俊歌手变成了婚礼司仪,他在胳膊上系上各种颜色的布条,手持彩色布条包裹的马鞭子,唱起风趣的"开场白歌",每唱几句大家就会发出一阵哄笑,只是我们语言不通难以找

> 生活既非在别处,也非在此处,生命之精华将一直存在于旅行的过程里。

 上: 我翻身爬上了婚礼迎亲车队中那辆开路的卡车，这辆车带着音箱和歌手，一路很是拉风。哈萨克歌手拿着麦克风，白杨斑驳的树荫掠过他金色的头发和英俊的脸庞

下(左): 车队返回村中，老人冲着我们抛撒糖果

 下(右): 迎亲的队伍，车辆装饰得非常具有民族特色

右图: 炊事帐中的大铁锅里煮着供几百人吃的抓饭。外面流水席上撒掉一桌没吃完的盘子里的抓饭都会在这里被回锅，用新盘子装上再次端出去。不过大家也都不介意

到笑点。在欢笑声中他又唱起"别它霞尔"（揭面纱歌），之后用彩色马鞭挑起新娘的面纱，新娘向公婆和长辈们一一行礼，至此婚礼仪式结束。我站在新娘旁边，她的头低垂，肩膀始终是在颤动着，也就是一直在哭泣，哈萨克婚礼全程新娘都是哭嫁的，能哭那么久真得酝酿不少情绪、积蓄不少体力呢！新娘身后一位老人眼中也闪动着泪花，时不时用戴着金戒指的大手抹一下眼泪，这对亲人来说是最幸福的时刻。

那位答应我们联系转场家庭的胖乡长已经喝醉了，半卧在铺着精美毯子的炕上，一个劲儿劝我们："别走啦，婚礼要持续好几天呢，体验一下我们这里的民俗，也相当不错啊！"入夜了，狂欢的人们还在继续，唱歌和跳舞将通宵达旦，而我们却无心参与，基本已经认定寻找转场家庭无望，收拾行李次日打道回府。

可第二天事情又有了转机，喝醉的胖乡长酒醒了！他拨通了他的朋友拜山的电话，拜山的家庭刚刚转场到距离乡上几十公里的地方，我们还有希望追得上。

同样是一个很含糊的地名，我们在草原上的小路迂回，正一筹莫展时，拜山骑马从山那边疾驰而来。循着蹄声向着阳光张望，我们有一瞬间产生错觉以为他是从天而降。在强烈的阳光之下，他的头发像闪烁的火焰，与身下骏马飘荡的鬃毛彼此映衬，光芒万丈。后面红尘滚滚，牧羊犬在旁，羊群在后，让我们忘记了这是一个转场的牧民。他的高傲与缄默，让他背后起伏的群山和面前坦荡的戈壁，仿佛都和他身后庞大的羊群一样，有了归属。这是他的领地，他的家当。他带领他的一切，循着稔熟的道路，风霜雨雪，从年少到茁壮，到娶妻生子、父母暮年。

拜山的母亲吆喝着骆驼卧下，然后开始装载家当。一张厚厚的花毯剪出两个大洞，露出驼峰铺在驼背上，驼峰分别用棉大衣护住，她和老伴一道，一左一右合力将木架紧紧绑在驼身两侧。要将架子捆扎稳当，需要力气和技术，才确保骆驼能安全载重长途跋涉。

帐篷的铁架分置两侧，再次捆扎，骆驼开始痛苦地嘶吼，主人却面不改色，继续逐次左右均衡地增加负担，先是两只箱子、后是两垛铺盖。第二峰骆驼也搭好架子，

哈萨克婚礼全程新娘都是哭嫁的，新娘身后一位老人眼中也闪动着泪花，时不时用戴着金戒指的大手抹一下眼泪，这对亲人们来说是最幸福的时刻

上： 拜山的母亲吆喝着骆驼卧下，然后开始装载家当。她和老伴一道，一左一右合力将木架紧紧绑在驼身两侧
下： 老人拥着胸前的小孙子徐徐前行，进行着马背上的迁徙

负担了毡房的屋顶和盐巴。两峰骆驼最后被覆盖上美丽的花毯,让远行的沉重有了喜庆的色彩。

夕阳西下,拜山的队伍顺着山脊走成壮丽的剪影,让我们久久遥望:拜山一马当先,他美丽的妻子骑马随后,老母亲拥着胸前的小孙子和老伴并驾齐驱。他们身后是骄狂的牧羊犬,再后边是卷着烟尘的浩荡的羊群,那些负重的骆驼稳步向前……

拜山,我们就此别过,不再追随。

从繁华的乌鲁木齐到荒凉的恰库尔图,从美丽的可可托海东沟到原始的西沟林场,从静谧的富蕴县城到冰冷的吐尔洪可可苏里,我们搬着自己沉重的行李完成了自己的"转场"。为了追随那最后的华美乐章,我们反而忽略了这个实则丰富的过程,那聆听三角毡房里婴儿啼哭的感动、那在星空下宿营时的静谧之心、那在婚礼卡车上舞蹈时融入的快乐,何尝不是旅行的意义?

这样的命题让我想起一个尤利西斯式的故事:20年里,尤利西斯一心梦想着要回到故乡伊塔克。可那一天真的到来时,在惊诧中他忽然明白,他的生命之精华、重心、财富,其实并不在伊塔克,而是存在于他20年的漂泊中。所以,生活既非在别处,也非在此处,生命之精华将一直存在于旅行的过程里。

转场途中浩荡的羊群卷起阵阵烟尘。转场人家有的一户就有上千头羊。

Xinjiang

花毯风暴
翻越新疆天山

新疆地大物博，如同"疆"字的构造一样，地形上是"三山夹两盆"——准噶尔盆地、塔里木盆地被阿尔泰山、天山、昆仑山所包围。在新疆旅行能体验到各种极致的美，准噶尔盆地的丹霞地貌与塔里木盆地的沙漠景观同样壮观，带给人强烈的视觉冲击；天山里的广阔牧场与阿尔泰山里神秘的湖泊同样纯美，吸引人前往深入探寻。你可以在新疆体验到盆地的酷热与高原的酷冷，震撼于南疆沙漠戈壁间的苍凉粗粝，也可以沉醉于北疆山区蓝松白雪间的甜美。骑马翻越天山的旅程，是从北疆到南疆又回到北疆的一次经典之旅。穿越时正值五月花开似锦之时，每天的旅程都是在经历着一场场美好的视觉风暴。

穿越途中马儿是我最亲密的伙伴

大面积的紫色花朵铺陈在广袤的草原上

骑行路线: 新源野果林—扎斯库勒高山湖—确鲁特高山牧场—巴音布鲁克草原—喀拉库勒高山湖—那拉提夏牧场

骑行时间: 七天

骑行距离: 约130公里

由于在前期沟通上的误会,哈萨克向导吐力根和另一个马夫备了八匹马,而我们只有五个人,多余的三匹马如何处置?这些马是他花了一个星期的时间从邻居吉尔格郎各家借来的,如何还马的问题让他蹲在地上犯起了愁。最后经路边饭馆的回族小老板用民族话劝说了他四个小时,才决定由另一个马夫带三匹马返回。

我们终于在黄昏的时候出发了。从伊犁野果林三队进山,这是一个飘满苹果清香的小乡村,从田里归来的牧人骑在马背上扛着又长又弯的镰刀,好像古代的侠客,而吐力根背着一个老式的旅游帐篷,折叠起来是一个大大的圆盘,从背后看酷似一背着盾牌的大将。后面是我、孟文、柳庭位和刘叔四个"武士",我们五个人组成一支即将长途跋涉的马队。

我们骑乘的是哈萨克土马,这种马的前身是乌孙马,体质结实粗糙,脖子长短适中,持久力强,很适合山路骑乘。鬃毛又长又乱,尾巴又长又多一大把,下山的时候经常起到清扫山道的作用。登山背包在马背上无法固定,我们把所有装备和食品装入从新源县城买的麻袋中,每人两个,用绳子绑好搭在马背上,我的马比别人多背了一个红色的褡裢,显得很可爱,褡裢里可以放一些路上随时可以取用的物品。

路旁最多的是野生苹果树,刚结出青色的小果;偶尔也穿插一些石榴树,吊着红色灯笼状的果实,还未长饱满;黄色的野杏已经熟过了,很多摔落在地,和泥土混合在了一起。到达野果林三队的后山上天色已近垂暮,由于下午耽搁了四个小时,我们无法在天黑前到达目的地了,此时遇到路边一片平整的草地,有水源,是一理想的宿营地。但马夫担心营地距村庄太近,马匹夜里有丢失的危险。另外马的夜草情况不佳。于是在短暂的休息后我们再次整装,在夜色中赶往原定的高山牧场营地,照吐力根的话说,到那边,

"人也高兴,马也高兴"。

晚上九点半,我开始了自己的第一次野骑经历。黑暗中,五匹马相跟而行,能见度很差,我们都看不见彼此的身影,只得靠声音相互照应。而马的视网膜对光的感受,是普通光照的两倍以上,马可以在夜晚清晰地辨清蜿蜒的山路。放开缰绳,让马一路按照它自己的意思走。一路上山,走一段马就自己停下来喘粗气,还不时贪恋路旁的野草。

夜色更重了,充分信任自己的坐骑,让它带着我们行走在空气清冽的夜天山中。周围看不到任何景色,只是在接近达坂时,稀疏的树木在夜幕下显出孤独的轮廓。一颗流星从夜空中坠落,以极其缓慢的速度,落到了黑色树影的另一边。一些千年古树,笔挺高大,须仰视才可见其冲入星空的树梢。

快接近达坂的地方有几户牧民,他们的牛啊羊啊正在打瞌睡,一动不动卧在路边,有时我们以为路过了一块大石头,但走过了才发现是一头安静地站着的牛,并且怪异地扭头盯着我们。

偶然抬头,惊诧于布满天幕的繁星,有明有暗,有的在孤独地闪烁,有的密密麻麻挤在一起汇成一条闪亮的河流。在马背上仰头面对缤纷的星空,身体随着马步的节奏一悠一悠,心思已经迷乱了,不知是因这夜色让我感到沉醉,还是因马背的晃动而晕眩。这时理解了为什么梵高的名作《星空》要把天空画成旋转的旋涡状,原来大自然的奇迹已经让我们的感受不再真实。

次日从名为"大沙孜"的开阔的牧场营地一出发,就遭遇了视觉的绿色风暴。眼前的山体被绿色铺满,远远高低错落有致的山体像一波波潮水般向远方涌动。我们的马队穿行在绿潮中,双眼被从周围蔓延过来的明亮而浓郁的绿色充溢。

恰普河是巩乃斯河的分支,流向正西,经过新源县的夏牧场汇入巩乃斯河。河面只有一支独木桥搭到对岸,人在上面都很难维持平衡,别说驮着行李的马了,于是我们决定涉水而过。马工先骑了其中一匹胆大的马试水,让其他的马在水边站着观看。水不算太浅,淹到马肚,马工顺利地到达了对岸。我第二个下水,眼睛盯着湍急的水面感觉一阵晕眩,马在水中一步步向对岸走去，开始觉得走得很顺利，距离对岸越来越近了，可是怎么河中心本应在我右边的浅滩也越来越近？这时岸上的队友大声呼喊："逆着河水走！不要顺着河水走！否则会被冲走的！"我心里一虚，加上马脚下踏的水底的石头有点滑，马一个急闪我差点在水中落马。调整重心后，我急忙把缰绳朝左，也就是逆流的方向拉，马终于稳步上了岸。

这次涉水也积累了一些骑马过河的经验，一是眼睛要看对岸，不要盯着水流看；二是一定要迎着河水的方向走，否则如果水的流速比较大，很容易被河水冲走；三是最好脱镫，如遇紧急情况落马不会被拖镫。之后的几天我们又涉过了无数条小溪，我的马也很勇敢，带着我一一顺利通过。

沿着扎斯库勒沟里的牧道一直穿行，密林深处一直伴随我们的是松树的清香，混合着马粪、牛粪、羊粪的气味。骑马过密林经常要估量好与周围树木之间的距离，有时候马能通过的宽度，但比马身宽的行李过不去；有时候马能钻过去的高度，但骑在马上的人过不去，人俯身低头过去了，帽子却过不去。走在后面的孟文给我捡了N次帽子。

这里是哈萨克牧民的夏牧场，沟里不时能看到牧民的毡房，有时能见红衣女子在河边整理羊毛，一派悠然的景象；也有时遇到轻骑路过的哈萨克少女，邀我们去她家喝茶。一只小松鼠突然出现在我眼前的松枝上，毫不躲闪，正当我用相机捕捉它的时候，它竟然一跃趴在了我镜头上。可爱的小生灵，大家轮流和它嬉戏了一番后，把它放回了松林中。

当晚营地选在扎斯库勒湖边的一处平整的草地上，这里也许是以前牧人的营地，旁边是奔流的溪水，有两个巨大的原木做的饮马槽，周边布满了齐腰深的蓝色和黄色的野花。一个堪称五星级的完美营地。

次日我们拔营后即前往旁边的扎斯库勒高山湖。这是隐匿在深山谷底的一汪碧水，岸边开满鲜花，各色花瓣温柔地抚过马肚，可马儿却不客气，一撇嘴就把花儿拽了下来。蓝天、松林、湖水，散发着纯美的气息。

 上： 在我们扎营的确鲁特牧场有五个高山湖，登高眺望便可以尽收视野中，不过这里的高山湖少了扎斯库勒高山湖那种隐秘的感觉，其中有两个长得像鱼塘

下： 马群路过高山湖畔。我们仔细看马尾都是很平齐地被剪掉的，当地人说附近有人偷马尾拿去卖钱

一路和几头拉柴的牛并行。由于草原上没有树木，牧人日常生活使用的木柴得要赶着牛去山里拉。几个哈萨克人赶牛用的树枝长长的，枝头带有零星的树叶，一路打着呼哨吆喝着牛群。他们的快乐很简单很单纯。

海拔3124米的达坂我们走得很艰辛，出于体恤马匹，我们都下马，牵马徒步翻越达坂，一路上还不时费劲地拉起贪吃路旁青草的马儿，让它专心走路。一越过达坂，就进入了确鲁特高山牧场。密林的旅程结束了，眼前是开阔的草原，夕阳下蜿蜒的河流似一条闪亮的银带在草原上盘结。走进一户炊烟缭绕的毡房，女主人用刚做好的马奶子招待我们。酸酸凉凉的马奶子很解渴，但是喝多了容易醉，每人几碗下肚后都像喝醉了似的。刘叔晕乎乎离开时忘了拿摄影包；柳庭位上路后脸一直红到了额头；孟文到了营地已经站不住了，一头栽倒在刚搭好的帐篷里，昏睡到天亮。

接下来是修整的一天，在我们扎营的确鲁特牧场有五个高山湖，登高眺望便可以尽收视野中，不过这里的高山湖少了扎斯库勒高山湖那种隐秘的感觉，其中有两个有点儿像鱼塘。老刘和柳庭位上山拍照去了，我和孟文备了两匹马，没上鞍子，垫了个毡子就骑了出去。第一次骑光背马，骑起来比较像平时脱蹬的感觉，不过比骑在鞍子上要硌一些。

这是全程中最快乐的一天，我们一会儿和一群孩子一起骑马在草原上飞奔，一会儿去看在草原上支着织布机劳作的少女，一会儿又去看哈萨克大妈挤马奶，或是打馕，我们甚至还吃到了从草原的馕坑里端出的第一批新馕，松软香脆。周围的毡房都知道来了几个"自己搭房子自己做饭吃"的人，我拿着相机挨个毡房给他们拍照。女孩子们穿上了最好的衣服，男孩子们争着干活其实是想抢镜头。在这个交通不便的牧场，照片不知什么时候才能到他们手里，但是拍照的过程，已经让他们非常快乐非常满足了。每年七月到九月他们住在这里，秋天就转场到冬窝子了。

从确鲁特湖前往3700多米的确鲁特达坂，这是全程中翻越的比较艰难的一个达坂，寸草不生，路面是大块的碎石，而且非常松散，很多地方一踏上去石头就向山下滚落一片。狭窄的马道成之字形向山上盘升，我们还是牵马徒步上山。孟文的脚上午不小心崴

 上: 翻越天山达坂途中,下山时坡路较陡,需要下马牵行

 下(左、右): 在确鲁特牧场,我们前去看哈萨克大妈打馕,我们甚至还吃到了从草原的馕坑里端出的第一批新馕,松软香脆

上: 确鲁特牧场雨后,天空出现彩虹。小孩骑的牛我随后也上去试了试,这和骑马完全是两回事,牛背很滑,很难坐稳
下: 牧人们闲时有着各种和马相关的娱乐,其中立马也是一种。选一匹自己熟悉的马做出各种动作,体现着人和马的亲和

了，虽然有当地牧民给他按照传统方法做了魔鬼按摩，但脚一沾地还是疼得他龇牙咧嘴，这个达坂对他来说是个艰苦的考验。我的马有时候比我走得快，但是它会停下来等我，有时我在前面走的时候它停下来喘气，但只要我回头和它四目相对，并动动缰绳，它还是迈步继续爬升。不过奇怪的是，要是我不回头只是拉缰绳，它居然置之不理！看来它需要被重视。

突然柳庭位的马受惊了，在碎石坡上狂跳起来，身上的行李都抖落在地。将其稳定后，再重新搭上行李才得以继续上路。和单纯的徒步不同，此时多了一个同伴，它替你负担行李，但同时也需要你的照料，人和马形成了一种相互依存的关系，只有人马同时到达，才是真正的到达。

达坂顶上还留有部分的积雪，风光无限，这里是南北疆的分界线，一边是新源的确鲁特牧场，一边是巴音布鲁克广袤的草原，越过达坂就进入了南疆。

蒙古人的草原和哈萨克的草原风格迥异。哈萨克的草原多在山地，伴有溪流、松林，而蒙古人的草原则是一马平川，放眼望去只是若干起伏平缓的山丘，多了一些荒凉悲壮的意味。山坡上长着一些野生的小麦，如果有时间在这里放牧，就能给马提供上好的草料。行走很久也不见一户牧民，偶尔远处有骑马路过的人，是这个季节在草原上抓旱獭的蒙古人。草原上有很多旱獭洞，马要是有时候不小心踩进去很容易伤着蹄子，蒙古人抓旱獭是为了扒旱獭皮拿去卖钱。

整整一天一直在花海中穿行，漫山遍野生长着紫色的花朵，这是一条延绵几十公里的花毯，其中还夹杂着白色和黄色的小花，我们又遭遇了一次紫色的视觉风暴。

旅程结束在花坡的尽头，我们从巴音布鲁克折返回新源的那拉提，从蒙古人荒凉寂寞的草原又回到了哈萨克蓝松白雪溪水长流的草原，给旅程画上了一个甜蜜的句号。

Xinjiang

马踏春泥半是花
穿越新疆喀纳斯空中花园

此线路是喀纳斯地区最新的首选春季马背旅行线路，其中经过最新发现的石林地貌、阿勒泰地区最大的夏牧场，还有松林花海、大河峡谷。此线路从阿勒泰山脉的前山冲乎尔乡开始，翻越崇山峻岭，经过海拔1500米以上绵延百公里的花海，策马徜徉到达禾木乡。

看，那边有什么？
可我偏偏没看

冲乎尔是哈萨克语"盆地"的意思，冲乎尔乡位于新疆阿勒泰布尔津县西北部，距县城有70公里，是此次穿越的起点。我们将由此向草原深处进发，去找寻鲜花遍地的空中花园和鲜为人知的怪石林。

马匹是来自禾木和冲乎尔山区的当地哈萨克马。哈萨克马是一种草原型马种，体态特征是头中等大，耳朵短，颈细长，稍扬起，耆甲高，胸稍窄，后肢常呈现刀状。2000年前的西汉时代，汉武帝为寻找良马，曾派张骞三使西域，得到的马可能就是哈萨克马的前身。到唐代中叶，回纥向唐朝卖马，每年达十万匹之多，其中很多就属于哈萨克马。

不过眼前的哈萨克马让很多来自各地的马术爱好者们大跌眼镜。他们在当地马场骑的都是肩高不低于1.6米，外貌俊朗的纯血、半血马，或者自己就饲养品种优良的马匹，可眼前的哈萨克马肩高普遍还没超过1.55米！鞍具也良莠不齐，除个别的皮质鞍具外，多数是当地的木鞍，上面垫有毯子、棉被等各色纺织品。习惯了骑乘价值昂贵的真皮综合鞍的马友们，不禁心里犯嘀咕：骑乘这样的马匹穿越能尽兴吗？使用这样的鞍具四天下来身体能受得了吗？

六月的天气有些闷热，很多马匹都在烦躁地上下不停磕头，表达它们在高温下的极度不适之感，骑手们也快被热成了杏干儿。经过燥热的冲乎尔乡农耕地区，队伍鱼贯进入清凉的库须根山谷，人马顿时均倍感舒坦。谷中绿草如茵，河水的细流缠绕马蹄静静流淌，库须根岩画就分布在这水草丰美的灵性之地。

公元前2000年左右，一支塞种部落逐水草而居，建立了自己的游牧王国。西汉初期，他们受当时势力较大的匈奴所迫，南走远徙，沿额尔齐斯河顺流而来。几千年来，草原先民们在此繁衍生息，这些民族不但通过诗歌、传说和文字留下了自己的生存痕迹，而且也通过在山崖上雕刻岩画的方式，留下了他们的生活。岩画分布在阳坡裸露的岩石上，要跳下马背穿过草丛，贴近岩壁仔细辨认。这些岩画的动物图像都比较简单、古朴，内容多与游牧民族生活有关，有山羊、狐狸、狗、马等动植物造型，也有个别很小的岩刻画点，仅雕刻一幅图画，就耐人回味。阿勒泰是遥远的，它的遥远不仅是地域上的遥远，更

六月的喀纳斯鲜花遍地

 上：有篝火旁热烈的舞步、游牧民族朴素的笑脸，有流水作伴，有星空笼罩，在这纯粹自然气息的烘托中，每个人都早已陶然忘机

 下(左)：扎营在优美的谷底中

下(右)：风雨过后见彩虹，人马舒畅

有着时空上的遥远，眼前的岩画保留着远古的信息，让我的灵魂与历史进行了灵光一闪的短暂碰撞。

山谷的尽头是一段最梦幻的林荫道，这里是背阴处，多处春雪未融的冰河，还倔强地保持着冬日的模样。道两旁的树木遍体怒放洁白的花朵，碎小的花瓣簇拥成大团大团的花球，延绵数十里。花瓣细碎，手轻拂过处，顿时撒落如雨，没有牵绊地飘舞，飞落在骑手的肩上、马儿的颈上。一阵阵萧瑟而温馨的花瓣雨在马踏过处，最终随蹄印根植于泥土，曾经的那一段路，依然芬芳如沁。

黄昏中伴着花瓣雨的清香，马队到达了第一天的宿营地卡尔木桥，扎营于苏木达依克河岸边。苏木达依克河来自阿尔泰山脉的冰峰雪岭，与禾木河一起汇入布尔津河，卡尔牧桥是苏木达依克河上唯一一座木制牧桥，这是专为牧民夏季进山转场过河所建的。

静夜如纱，月凉似水，岸边毡房里的哈萨克人打开了简陋的音响，沙哑的喇叭中传出热烈的曲调，合着流水声扰乱夜的宁静。附近的护林员来了，旁边毡房的哈萨克寡妇也来了，邀请我们一起跳传统舞蹈。

音乐中反复出现的是最传统的曲子《黑走马》。这首曲子讲述的是哈萨克马矫健的体态，在很早以前一场争夺草场的战争中，马匹被抢走，但哈萨克牧人与黑走马在长期的生活中产生了一种默契之情，它能够听懂牧人的笛声，于是牧民站在高山上吹起了哈萨克特有的一种称为斯布孜额的乐器（和笛子类同），当黑走马听到笛声后立即竖起马鬃，向马群方向奔去，将被抢走的马全部带回了哈萨克部落，避免了一场战争。之后哈萨克人创作了《黑走马》曲，随后又以舞蹈的形式流传下来。哈萨克人是马背民族，他们的舞蹈就以表现马背生活为主。我看他们的舞蹈动作都很像骑马，双臂多用动肩，步法上多用马步。

有篝火旁热烈的舞步和游牧民族朴素的笑脸，有流水做伴，有星空笼罩，在这纯粹自然气息的烘托中，每个人都早已陶然忘机。

一过卡尔牧桥就是连续不断上升的山路，是全程路程较为崎岖并富于变化的一段。卡尔牧桥的全名是卡尔胡拉汗，卡尔是蒙古语"牛"的意思，胡拉汗是哈萨克语"摔倒"

的意思，第一次牧民从这里转场时，有头牛摔下山，故名，以此形容上山下山的艰险。

崎岖的小路在山间蜿蜒，野花轻触马蹄，马儿也不时伸颈啃上一口野花，嘴边衔着未嚼完的一枝花蕾往往会暴露出它的独自偷欢。此时哈萨克马在山路上的优良表现让大部分马友对它们刮目相看，马的步伐节奏感十足，只是在山路转弯处停下短暂喘息。

苏木达依克河将峡谷深深切割，以脱缰骏马之势奔腾于苍翠的山谷中，两岸植被茂密的山壁从谷底拔地而起，山势险峻。这匹烈马在山谷中忽然拐了个急弯，将一方山峦围猎其中，形成一个"U"型大拐弯，当地人称"热木弯"。我们经过的山路就正在"U"型弯的上方盘旋上升，右侧紧靠着山体的岩壁前行，左侧远眺沟壑纵横的旷谷，与胯下的坐骑一起感受豪迈与壮美。

山脊上，青灰的云层中漏下一束束光芒，将平坦的空中草原照得层次分明。在草坡上彼此拉开距离，催动坐骑驭风奔跑，人马被裹挟进无边蔓延的绿潮中。翻滚的云朵渐厚渐浓，光芒骤敛，一场暴雨不期而至。狂风大作，密集的雨幕扑面而来，雨水顺着马肚流淌到腿上再流入泥土中。各色雨披展开，在猎猎风中抖动，呼啦作响，沐风栉雨之时颇有几分侠客的豪情。适逢两峰斜峙的山口，风雨来势更猛，人在马上几欲被吹翻，但马却毫无怯意，迈着稳健的步伐穿过了垭口。

垭口过后山风山雨换了风向，但越发寒气逼人，持缰的双手早已麻木。道路愈发难行，冰碴和着雪水使得地面变得泥泞湿滑，有人因马的后蹄打滑而摔下马背。黄昏时分马队找到了一处哈萨克牧民的木屋，可做短暂的避雨之地。而就在此时，潇潇暮雨渐弱渐息，光芒挤破厚厚的云层洒向大地，照亮了远处的雪峰、松林。一道彩虹不经意悬浮于山谷间，而我们的位置恰在高处的山脊，彩虹横陈眼前，仿佛伸手可触。

每个人勒马立于可纵观怪石林全景的山坡上时都有些失语。脚下，春季未融的洁白积雪挡住去路，马蹄踏处雪花四溅；面前的草坡上，密集绽放的金莲花徐徐铺陈开来，如潮水般蔓延至每一块巨石周边；稍远处，石林如刀削斧劈，拔地而起，石芽高四五米至三十多米不等，呈现各种怪异的造型；更远的天边，雪山连绵成白线，为眼前层次分明的

上： 能够同时见到绿色的森林和洁白的雪山共存的景象，在我去过的地方就只有喀纳斯了
下： 马队徜徉在阿勒泰最大的夏季牧场图尔盖提大草原

景致镶了一个粗线条的画框。

距今2.7亿年前这里是海底石灰石沉淀区,由于地壳的运动,海底上升露出海面,经海水、雨水的溶融、冲刷和风化,约在200万年后即已形成拔地而立的石峰,与众多的石柱、石笋、石芽连为石林,分布面积约有两三平方公里。在茫茫草原上形成这么大面积的石林,是非常少见的。

策动马儿从山坡呼啸而下,在石林中迂回穿行,时而与形似怪兽的巨石相对,时而从两石之间的小路中列队钻出,人马俱欢。

马队徜徉在阿勒泰最大的夏季牧场图尔盖提大草原。草原上多积水的湖泊,马似乎

骑行的终点——禾木村

能自己辨认出过河的路线，涉水而过，扰碎一方雪山松林投射在湖面的清晰倒影。无边的金莲花盛开在湿润的草丛中，宛若闪烁的星火。看着逆光中那剔透的花瓣，突然觉得大自然创造出的物类竟能达到如此令人动情的程度。俊秀的身姿，圆润的形貌，纯净的色泽。延绵数公里的花瓣在风中忽而翩飘婉转，忽而悠然忘形，散发出优雅传神的姿态，挥释出令人潸然、令人迷醉的气息。低沉婉转的韵调与马蹄温柔的和声在心头平添了一份深情的况味。

一片木质的低矮建筑出现在视野里。近观，早已褪为铅灰色的一条条圆木以六边形的形状，围住一方荒草，搭建出一座座形似木屋的建筑，呈锥形矗立。而各条横木之间间隔很大，不像是为人居住所修建；六边形封闭，更不像为圈养牛羊所建。这样的锥形木屋规模还不小，几十个之多，密集地排列在一起，颇具气势。骑马穿行其间，我感觉到了几分古战场的萧瑟肃杀之意，与先前的繁花似锦形成了鲜明的对比。

直至我们看到了每个建筑上方用树枝顶着的弯月形标志，并发现了写有起止年代的木牌后，才知道这里是哈萨克人的墓屋。墓屋是哈族人最后一个也是最浪漫最隆重的理想，他们生前居无定所，在马背上四方游牧，死后便拥有了一间房屋，安居故乡了。这里的墓屋年代都不太久远，大概在20世纪80年代，有的是夫妻合葬，有的是单人的，还有一个十岁儿童的小墓屋。据说哈族人对死的讲究与安排是热烈并充满憧憬的，他们一般并排留着两个墓位，丈夫死了，他将在这里等候妻子，反之亦然。因此，有的墓屋里只有一侧有坟墓，而另一侧则是深情不变的等待。当一个人死去的时候，就知道最终自己还是会躺在爱人身边，这是一种怎样的充实与幸福啊！

远处阿尔泰山脉的雪峰映衬着墓屋顶的弯月，亘古不变的草原守护着游牧者的灵魂，而若不是蕴含了最深沉悲伤的灵魂，这草原也绝不会沁出如此浓郁而迷人的色调。哈萨克人的灵魂安息于此，他们的心灵如天空的猎隼一般永远自由翱翔于草原之上。

四天的穿越接近了尾声，随行的马夫在午休的片刻为我们表演了他的马背功夫，狂奔中俯身捡拾地上的野花，挥舞着套索追逐惊恐的小牛，甚至能把另外一匹马上的女孩抢到自己的马上，游牧民族的豪情在此一展无遗，而回想几天以来我们策马奔袭经过的山川、河流、雪峰、草原，这种热烈奔放而又浪漫无边的情绪又何尝不是一直贯穿于我们的整个旅程呢？生命就是一场旅行。我们去旅行，是为了圆一个对世界的奢望的梦，奢望通过离开它，而成为它的一部分。人生旅途看起来繁杂纷沓，置身其中才知道那是独来独往的体验。沿途的浮光掠影，何尝不是为了成就我们或丰饶或贫瘠的内在？无论身处力争上游的快跑阶段，或逢人生变故减速慢行的彷徨时刻，或者看尽千山万水绚丽归于平淡的踌躇关头，面临其中的悲欢离合喜怒哀乐，唯有抱持关照内心的心态，一切的真相才会自动还原水落石出。

上： 骑行涉水
下： 远眺沟壑纵横的旷谷，与坐骑一起感受豪迈与壮美

苏木达依克河将峡谷深深切割,在山谷中忽然拐了个急弯,将一方山峦围猎其中,形成一个匚型大拐弯,当地人称"热木弯"。

Xinjiang

擎苍轻骑不须归
跟随新疆柯尔克孜猎人出猎

中亚干燥的戈壁滩上，一队柯尔克孜猎人骑马架鹰，逡巡在灌木与乱石中间，他们的眼神如雄鹰一样敏锐。一只灰色的野兔伏在土坷中，几乎与周围成一色，但还是被猎人们发现了。默契的手势、眼神，几驾坐骑分列包抄，伺机而动。野兔似乎预感到了什么，飞快窜逃，与此同时，猎人胯下的轻骑也迅速启动，马蹄撩起的狂沙烟尘中，猎人手臂上的雄鹰俯冲而下，野兔在地面奔突，鹰在后面追逐，直至其有力的双爪将野兔牢牢抓住。阿合奇，柯尔克孜语为"白芨芨草"，这是一种在高原荒漠中顽强生长的小草，耐干旱、耐盐碱。这个位于中国最西部天山南脉腹地的边陲小县，戈壁、荒漠、连绵的雪山似乎是唯一能看到的风景。在这里，骑马狩猎的传统还在坚守着。

穿上了柯尔克孜族的民族服装

驯猎鹰是当地猎鹰的传统，阿合奇县每年都要举行猎鹰节，期间上百号骑手携带自己的猎鹰跨马飞驰，场面非常壮观。

老夫聊发少年狂。左牵黄，右擎苍，锦帽貂裘，千骑卷平冈。为报倾城随太守，亲射虎，看孙郎。

　　酒酣胸胆尚开张。鬓微霜，又何妨！持节云中，何日遣冯唐？会挽雕弓如满月，西北望，射天狼。

——苏轼《江城子·密州出猎》

　　风沙迷远客，冷月迎故人。远客如风而来，带起的尘埃，也随着风沙消弥在大漠中，身后是无尽的黄沙。我来到这里是冬末，已经接近狩猎季节的尾声了。牧民们通常在冬季狩猎，因为在雪地上比较容易辨认动物的脚印，另外夏天是猎鹰脱毛的季节，天气太热是飞不起来的，猎鹰的状态在冬季最好。阿合奇雅郎奇村的别克家族有八个兄弟，我住在其中的一个兄弟马坎尔·别克家。

　　马坎尔的几个兄弟都显得稳重，风度翩翩，全是骑马打猎的好手。马坎尔今年50岁，是镇上的驻村干部，已经为村里工作18年了，家里养了16匹马，几百头牛羊；最年长的大哥肉赛姆·别克，虽已60岁，仍然可以架鹰在马背上驰骋，形态威仪；42岁的苏里塔尼·别克在托什干河谷的乱石滩上，飞速奔驰好几公里，及时拉住了我那匹快马的缰绳。

　　过去以游牧为生的柯尔克孜族，传承了从祖先那里流传下来的驯鹰技艺。在白雪覆盖的阔克萨勒山、喀拉铁克山上，他们经常骑马到高达近百米的山顶上，将自己驯养的鹰放飞。除了猎狗外，猎鹰是他们传统的捕猎利器，是他们用以捕捉野兔、野鸡、狐狸等猎物的好帮手。近些年来由于生活方式的演变，柯尔克孜族基本定居了，不再以打猎为生，猎鹰的作用越来越小。别克家的兄弟有好几个都到县城工作去了，比如肉扎洪·别克，就曾在县上任武装部长，组织干事；艾山·别克现在是县人民医院的副院长；坎加洪·别克是县旅游局的干部兼司机。但阿合奇当地的牧民们仍然将此作为一种文化的传承，家家户户驯养猎鹰。

　　马坎尔和我们聊起鹰来仍然很地道，他说猎鹰有60种，其中有40种可以单独抓获猎

上：当地人一般通过毛色来看鹰的年龄，年龄大的鹰毛全身变黑，而年轻的鹰翅膀下面有很多白毛
下：老人在手工打制自己的马鞭

物养活自己。猎鹰的区别很细致,有的爪、嘴、翅膀上有细细的皱纹;有的爪是青黑色的,有的爪是黄色的;翅膀上的毛有的像白杨树的叶子,有的像柳树的叶子,年纪大的老人能分辨得出来。另外体型也不同,如在阿合奇的哈拉布拉克乡,有种鹰叫"柯然博孜",肩膀比较宽,是很凶猛的品种;在喀什地区的阿克陶,有种鹰的爪子外面有个洞,甚至可以穿过一根筷子。鹰的雌雄也很难区分,柯族的老驯鹰人说,个头小的是公的,个子大的是雌的。鹰是种长寿的鸟类,普遍能活40~60年,一般通过毛色来看年龄,年龄大的鹰毛色全身变黑,而年轻的鹰翅膀下面有很多白毛。

近几年,国家为了保障牧区动植物生态平衡,相继出台了限制捕猎的法规,牧民驯养一只猎鹰首先要到所在地林业部门申报登记,领取了《驯养许可证》后才能饲养。

在阿合奇周边的山里,猎鹰通常栖息在山麓间的开阔地、河谷灌木丛里。柯尔克孜

 左: 猎人的家眷们在打羊毛,劳动对她们来说更像是一种娱乐。在这里能感受到男耕女织的古老传统

人抓鹰的时候是很讲究的,一般有三种方法:一种是直接去高山上的鹰巢里抓,但是出于保护的考虑,只能抓其中的一两只,不能全部抓走;第二种方法是诱捕,把以前抓的鹰放在地上,旁边用铁夹子夹住一只兔子,老鹰想吃却够不到,天上的鹰看到它的动作,冲下来捕获猎物的时候,被夹住;第三种方法也类似诱捕,选择天气晴朗的时候,在戈壁滩上搭四个细细的柱子,上面罩上网,网下放置兔子等猎物,在兔子的脚上绑上绳子,当人在远处拽动绳子的时候,兔子也跟随窜动,引来老鹰,而鹰的视力只能分辨黑白,对绿色的网子是看不到的,在它冲下来的时候,就会被网子裹住。

马坎尔的鹰是第二种方法抓到的,他说第一种方法抓到的鹰,自幼养大,很有感情,到了时候都舍不得放走,另外幼鹰由人类养大,老实、胆小,也会失去一定的野性。所以现在他们只抓成年的鹰。抓鹰最好的时间是九月,这时候的鹰是一年中最胖的,比较容

 中: 柯尔克孜妇女在擀毡　　　　　　　　　　　　**右:** 家家户户都有手工织布的工具

 上： 猎人在干燥的戈壁滩上寻觅猎物

下（左、右）： 驯鹰人需要吃苦耐劳，并且动作灵活、头脑聪明，可谓智勇双全。鹰很机灵的，它能通过人的眼神看出恐惧、猥琐……只臣服于能控制它的人

 右页： 马坎尔今年50岁，是镇上的驻村干部，已经为村里工作18年了，家里养了16匹马，几百头牛羊。马坎尔和鹰之间有一种难以言传的情感联系。鹰对他来说是家庭的一个平等的成员

易抓到。不过八到十岁成年的鹰不太好驯,几乎要驯一年才能放。马儿坎的鹰是2009年2月中旬抓来的,可驯了九个月后却自行跑掉了。他今年冬天准备再抓一只。

出于动物保护的考虑,国家现在规定抓回来的鹰都要进行登记,过两三年要放掉,由森林公安进行监督。身体好的鹰一般可以养三年,身体不好的一年半两年就放归,四五月是放鹰的好时节,这时候旱獭等动物很肥壮,放归的鹰可以很容易找到食物。

抓回的鹰最重要的是"熬鹰",马坎尔家的院子里就有一个结在两根树杈之间类似秋千的装置,这就是熬鹰的地方,整个过程需要七到十天,让鹰戴上眼罩,不吃不喝,发现它瞌睡就用木棍击打它的脑袋,人也跟着熬,所以与其说是熬鹰还不如说是熬人。之所以让鹰站立在这么一个晃悠悠的秋千上,是为了让它适应日后马背上的晃荡,否则马匹奔跑起来以后,鹰的翅膀张开,就无法及时俯冲捕捉猎物。这样驯出的鹰,在马背上坐得稳当,一旦眼罩拿开,就能准确扑向猎物。

驯鹰的人需要能吃苦耐劳,并且动作灵活,头脑聪明,可谓是智勇双全。鹰也是很机灵的,它能通过人的眼神看出恐惧、猥琐,只臣服于能控制它的人,如果驯鹰人不行,很容易被鹰抓伤,人要比鹰聪明才行。马坎尔八弟兄中,有三个都是很好的驯鹰手。

喂鹰也很有讲究,要让鹰的胖瘦随时保持平衡,吃得太饱鹰会跑掉,要维持一定的饥饿感,让它随时保持清醒。每天喂的时候要看眼神、体型,每天都要称重量。有一种当地人叫"阔药"的,其实就是白毡子,如果感觉头天的食物没有消化完,就让鹰吞咽白毡子,这样未消化的食物会连着毡子一两天后连带着排出来。如果胃里没有东西,第二天就能吐出来,而如果胃里有未消化的食物,则第三四天才能排出,比如呱啦鸡的爪子、野兔的牙齿等。

鹰是肉食动物,一般喂食羊肉,一只鹰每天要吃几公斤肉,现在羊肉很贵,猎人们现在大多养鸽子来喂鹰,另外政府给阿合奇地区的60户猎鹰户每个月发放500元的补助,可惜这费用是不够的,猎户自己每个月还要花费不少,所以能够饲养猎鹰的家庭都是经济条件很好的。

放鹰必须骑马，鹰重的能达八九公斤，仅靠人的体力是不行的，一般在马鞍上都支有一个像拐杖一样的支架，支撑架鹰的手臂。放鹰的马不是一般的马，需要速度快、灵敏、耐力好。以前猎人们进山打猎，一般都要在山里走数日，如果马的耐力不好，很难支撑。马坎尔养有16匹马，其中只有四匹可以放鹰，最好的一匹是2003年从库尔勒和静买来的，是一种名为"图勒帕热"的品种。当时花了5500元，而现在的价格则要到15000一匹了。这匹马后几日也成了我的坐骑，他的名字是"托热哈什嘎"，意为额头上有白毛，毛色深红棕色。虽然和静属于巴音郭勒蒙古族自治州，但这种马却不是蒙古马，它脖子很长，身体也长，个头很高。牧人们现在认为新疆最好的马就是库尔勒的，而不是传统意义上认为的伊犁马。我疑惑阿合奇西北部与吉尔吉斯斯坦交界，那里的品种也被公认为是非常优秀的，马儿坎为什么不从那边引进呢？马坎尔解释说曾经引进过，但是马匹不适应这边的气候，不能成功饲养繁殖。

阿合奇县历史上曾是柯尔克孜族人聚居地，并有过多次民族迁徙，以及与境外的吉尔吉斯斯坦、境内的克州其他县市、北疆的伊犁地区等游牧区往来密切，因此柯尔克孜当地马的形成历史经过了漫长岁月，曾带入了相当数量的中亚马匹血缘。但是如同中国各地游牧民族的马匹一样，随着马作为代步工具的作用以及其经济价值的削弱，其品种的退化也是必然的结果。

打猎的行头很讲究，兄弟们头戴狐狸皮的帽子，上身穿棕黄色骆驼毛呢的长款大衣，腰间用皮带束紧。马匹的装扮也很漂亮，身体上披着色彩鲜艳的马衣，由各家女人们手工制作，上面的图案是纯手工刺绣的，其中一件马衣上还绣有鹰的图案。很特别的是马鞍前部有一个类似拐杖的装置，只是比普通的拐杖要短很多，这就是架鹰用的，其一头抵住鞍子作为支撑，一头放置架鹰人的手臂，这样十几斤的重量就不用全部压在人的手臂上了。

我和另外七个猎手分骑不同的马匹，穿过村中的小路，来到河谷的乱石滩中，我们共

 柯尔克孜的民居外表看来很简单,但内部却很豪华,挂满了精细的手工艺纺织品

马坎尔家的全家福。这里外部环境一片荒凉,但每个家庭内都是温馨的,充溢着宁静美好的气氛

上: 猎手的典型装束——鲜艳刺绣的马衣、驼绒的大衣、狐狸皮帽子
下: 和猎手们一起列队依次渡过托什干河,冬末的水量虽然还不是很大,到河中间的时候也淹至马肚子了

带了四只猎鹰和一只猎隼。这段时间正赶上南疆的沙尘天气，天空阴暗，显现出更加苍凉的气氛。但在纷乱的马蹄声中，我却感到有些振奋，有种如梦如幻的感觉，仿佛回到了远古时代。

马匹依次渡过托什干河，冬末的水量虽然还不是很大，也淹至马肚子了。水流湍急，我的马好几次在水中打了趔趄。在水中央的时候，望着身旁急速流过的河水，甚至有几分晕眩，赶紧将目光投向对岸要到达的定点，并把马头调整向斜前方，迎着水流的方向走，否则很容易被水冲得站不稳。

奔跑在空旷而深邃的山谷中，老大挥手，马队骤停。旁侧的山崖上，发现一只狐狸。狐狸的颜色和山体融为一色，除了猎人如炬的眼睛，普通人是很难发现的。山崖很陡峭，要直攀上去是很难的，我们绕到山后，发现有比较平缓的坡可供攀登。把马拴在山下的树干上，苏里塔尼手持一只猎隼开始攀山。而待绕到山前，狐狸却已经不知逃窜到何处了。

退下，我们在河谷的灌木丛中继续寻找猎物。各人分散开来，进行地毯式的搜索。马匹轻盈而有节奏地前进。忽然后面的兄弟发现了隐藏在草丛中的呱啦鸡，众人立即掉头向同一方向狂奔，其中某人臂上的猎鹰飘然而下，准确地逮住了猎物。

我在雅朗台四五天的时间里，弟兄们组织了两三次出猎，我问他们这样的活动经常进行吗，他们说现在环境破坏严重，野生动物也越来越少，再加上自家的农活也多，出猎的时间不多了，大多作为一种娱乐活动。另外在"托依"（婚礼）和"那泽尔"（家人去世一年后家族的聚会）等时候，大家集体组织出去打猎。

希望这里的人们能坚守住这古老的传统，在中亚广阔的大地上，雄鹰依然翱翔，骏马依然奔驰。

Yunnan

生命的实相 — 云南梅里雪山外转经

云南梅里雪山（Meri Snow Mountain）主峰卡瓦格博峰海拔高达6740米，是云南的第一高峰。卡瓦格博峰是藏传佛教的朝觐圣地，在信徒心中，一生中必须绕卡瓦博格转经一次，才能在轮回中免遭堕入地狱之苦，即便在转经途中死去，也被视作再生有福。围绕卡瓦格博神山的转经活动，至少已持续了700多年了。所谓外转则是围着梅里雪山做360度的顺时针绕行。从德钦到羊咱，过澜沧江、杜格拉古山口，到西藏察隅县察瓦龙乡境内，沿怒江及其支流玉曲上溯，再经说拉山口回到云南一侧。12天徒步250公里，在西藏察瓦龙，我们跟随一名藏族邮递员，抵达了梅里雪山真正的背面。

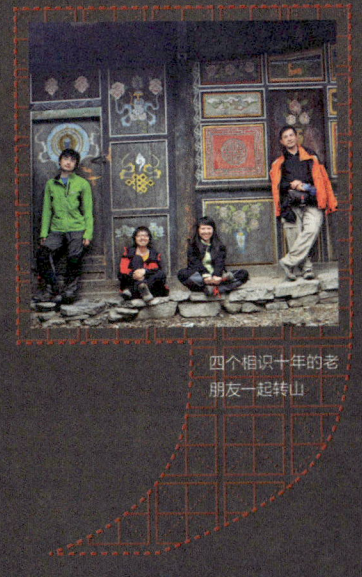

四个相识十年的老朋友一起转山

沿着澜沧江边的小路艰难行走

察瓦龙是一个交通枢纽地带，分别通往云南的丙中洛以及西藏的察隅、昌都、左贡。轮毂溅满泥浆的越野车队，刚刚从墨脱穿越过来；正在将车打包的自行车队，是从六库骑行过来的，他们正准备翻越前方的堂堆拉垭口；而我们的行程方向与所有人不同，将从这里徒步直插到杂西村，最近距离靠近梅里雪山背面的冰川。

此行是和另外三个相识十年的老友罗罗、老赵和小草一起同行，在此之前我们已经跟随德钦查理通的向导阿钦布连续徒步了五天。云南德钦海拔1850米的羊咱是外转经传统的起点，在附近有个古老的寺院，我们完成了转经的一个很重要的仪式——取钥匙。寺庙外侧临近澜沧江边的地方，有一块天然形成的玛尼石，外转的人出发之前都要到这里摸一摸，用额头轻触，祈求神的佑护路途平安，仪式称作"取钥匙"，实则并无物化的钥匙。之后沿着澜沧江边的山径徐徐盘山上升或下降，每天徒步上下高差达上千米，第五天到达察瓦龙。这个在田壮壮的纪录片《德拉姆》里两个骑手策马驰过的小村镇，已与几年前大不同，察隅至察瓦龙的公路已经于今年开通，路两旁多了不少商铺，最漂亮的建筑是广东援建本地的小学校。一般外转经的人从察瓦龙直接前往云南方向继续转山，而我们决定跟随本地的邮递员深入梅里背面的村庄，再回到察瓦龙。

24岁的索朗曲旦是乡上的邮递员，住在五公里外的则朗村，常年往返于察隅与各个村庄之间。察隅至察瓦龙刚刚通车不久，之前去察隅取一次邮件往返要14天，现在摩托车一天就能到。各个村的信件都是要徒步翻山送到，送信的季节性很强，每年一月和五月山上雪很大，有时甚至会没及胸口，"最难的一次，我差点死掉。"他操着不太流利的汉语和我们说道，随后把绿色的邮包绑到骡子背上。

在山间低矮的灌木丛中迂回寻路，缓慢地拔高海拔，上升几十米就能俯视察瓦龙所在的河谷。"察瓦龙"的意思是"干热的河谷"，海拔只有1930米，是外传经路上最燥热的一段，这里即使冬天温度也很适宜。两山挟制下的怒江在谷底台地急速奔流，轻薄的云雾飘浮在一侧的山间，不远处龙普村笼罩在云雾中。

经过四个小时艰苦爬升，至海拔3620米的那久垭口，卡瓦博格背面豁然展现于眼前。

整个背部形成一个巨大而展开的扇形，山峰和冰川在阳光下闪烁，扇面呈现很有质感的皱褶。雪山不是一成不变的冰封的凝聚物，时而披上面纱时而揭开面纱。

那久垭口是个很宽敞的草甸，经幡在风中寂寞地飞舞，马匹被放开在地上撒欢打滚。草甸中央的一棵神树，被当地人认为是卡瓦格博拴马处，每年农历三月十五日，周围村庄的藏民都牵马前来朝拜。当日他们穿着盛装，骑马翻山到这里，围绕神树转三圈。近看树皮被揭走不少，藏民有说法是家里如果小孩有病，就将神树的树皮放在火塘上烧。神树已经干枯，想必与树皮几乎被取光有关，而当地人更愿意相信一定是做了让神山不高兴的事情所致，比如打了山上不该打的猎物，触怒了神灵。

我们的马帮和任何其他典型的藏族马帮一样，头骡戴着面罩，上面有着鲜艳的装饰，几匹骡马驮着我们的背包紧随其后。藏人赶马，同几十年前俄国人顾彼得在他的旅行札记《被遗忘的王国（丽江1941—1949）》中描述的几乎相同："赶马人任何时候都在用可以想得出的最污秽的语言向前催赶着牲口，还向它们扔小石块和干土块催赶。"马队从那久垭口下来之后就在密林中穿行，透过树丛仍能一路看到卡瓦博格背面的山尖，卡瓦博的正面，其顶部是很尖耸的，而背面则线条舒缓许多，如同一个巨大的圆筒冰激凌。

山间密布大杜鹃树、梨树，想必待到五六月份一定是山花烂漫。山柏树、红松穿插其中，撑出一条漫长阴翳的小径。山路泥泞，混合着未融的残雪，不时有凸起的尖石，湿滑不堪。过了第二个平坝崩功，忽遇一普通的石块横亘路上，人马须抬腿跨过前行，周边挂满五色经幡，此处为传说中梅里雪山的大门，旁边还有一个20厘米的凹陷，是卡瓦博格的马蹄印记。从这里开始才真正进入梅里雪山的范围。

杂西村仅有四户人家，与德钦飞来寺分别处在卡瓦格博的东西两面。飞来寺观景台上人潮涌动，而在扎西村，可以静静独享卡瓦格博的美景。经过十几个小时的徒步，我们到达的时候已是傍晚，雪峰被夕阳染红，侧面飘来的云朵如同一袭飞逝的红纱巾，半掩住了山脊。此时的卡瓦博格一反日间的威仪，显出温和的一面，柔美得令人心碎。

村庄被三座雪山环绕：布穷松吉五说、扒巴念牵久卓、果日色归那布，卡瓦博格也坐落其中。整个村庄所在的平坝中都泛着温暖的余晖，中间是一座大型的经幡阵，有说法是围绕其转13圈就等于外转一圈。我在山坡上坐下，遥望着卡瓦博格，它是这么近，却是永远隔着无法到达的距离，那是一条通向内心的路，漫长而遥远。

神山仅给了我们短暂的一瞥，次日雨雪纷飞，山顶整个湮没在浓雾中，一条细长的带状云浮于山腰，当地人称其为"献给卡瓦博格的哈达"。村长家的火塘边，索朗曲旦的民歌一首接一首，歌词多为歌颂卡瓦博格的，嗓音如雪山般清亮。他是远近闻名的歌手，在冬季不送信的时候，他就去察隅的朗玛厅唱歌。望着窗外的雨雪，他嘱咐我们给拍的照片一定要在11月18日之前寄回，即将大雪封山，那将是他今年最后一次去察隅邮政局取信件，否则就要待到次年的五月份了。

从察瓦龙告别索朗，我们沿着怒江边的山路，继续前往云南方向。当怒江支流扎玉曲的大拐弯出现在眼前的时候简直让我们猝不及防，大家都被其恢宏的场景所震撼。扎玉曲在此甩过一个大弯后，劈开峡谷向远方奔流，看起来比德钦奔子栏国道边的金沙江大拐弯有更强的空间纵深感。转经路就在山腰横切，左面是高耸的山壁，右面是陡峭的斜坡，直抵下方的滔滔江水。小路仅供一人通行，但坡度起伏不大，也是此行中唯一一段平缓的路面，虽有些险峻，我仍骑着小白马畅快地奔跑了一段。白马名为"英祝"，取义"最好的祝福"的意思，是阿钦布为了此次转山专门刚刚买回的，虽然年龄有些偏大，但性情稳定，体力尚好。待它跟随我们转完一圈山，也算积累了功德。

走到峡谷的尽头，通过一个新建的吊桥，就到了格布。格布村的房屋看上去很古老，没有其他藏族村落那种油漆刷过的崭新痕迹，墙面的机理都是经过若干年岁月形成的，木质的门窗雕花异常精美，很多门板上都有曲线优美的手绘工笔彩画。宅中的孩子见到外人很是兴奋，人手一个苞米从原木的窗户里探出头，扮着各种鬼脸，古旧的窗框成了他们的舞台，同时也是我们取景的相框。小卖部旁边有个宽敞的客厅，半面墙几乎都是用啤酒瓶砌成的，似乎是村里的酒吧兼歌舞厅，我们在此打地铺，席地而眠。经过几日连续的行走，大家的膝部或多或少都有些不适，晚上都使用了大量的膏药。

 上：从察瓦龙徒步一天可以到达杂西村，在这里可以看到梅里雪山的全貌，秋季这里层林尽染。

 下（左）：24岁的索朗曲旦是察瓦龙乡的邮递员，住在五公里外的则朗村，常年往返于察隅与各个村庄之间

下（右）：从察瓦龙去往梅里雪山背面的杂西村，需要徒步整整一天，翻越一个4000多米的垭口

上: 转山途中用鼓风机做饭的孩子
下: 午餐的休憩处,炊烟、人马混合一处,好不热闹
右页: 转山的藏人们休息途中都要生火煮酥油茶,炊烟升腾在森林中

 **左(上)、左(中)、右(上)**：转山的藏民都会携带一根竹竿插上松枝，转山结束后留在家中作为纪念

左(下)：杂西村的村民和动物正在嬉戏

右(下)：我们的向导阿钦布

这一天的旅程很长，天不亮就出发。而我们远眺即将攀升的山路，早已有点点亮光在缓慢地移动，成点或者成线，这是一些午夜就出发、戴着头灯赶夜路转山的藏民。亮点闪烁在遥远的高处，不知何时才能到达的高度。上升不久，在山腰回望格布，小小的村落依傍在大河的岸边，背后有雪山为衬，确是一处隐秘的佳境。还没有攀升到最高的垭口，绕到山的背后就开始一段漫长的横切。山路在这里有明显的分岔，向左的路前往西藏方向，很多从西藏过来转山的藏民沿此路返回，而我们则继续沿着右边的山路前往云南方向。在这里我们遇到了澳大利亚人马佳。

当得知她就是虎跳峡山泉旅馆的澳大利亚人时我很意外。早在2001年徒步虎跳峡的时候就听说过她。她曾以嫁给虎跳峡的当地农民夏山泉而闻名整个迪庆。1996年，马佳还在云南大学读书，和一群在中国留学的澳大利亚学生结伴到虎跳峡旅游，她完全被这里的自然风光震撼了，心里想如果能在这里住上一辈子该有多幸福。1997年6月12日，与桃园村山民夏山泉喜结良缘。从相识到结婚只有短短九个月时间。

虽然爱情的开始总是美好的，但是生活毕竟实实在在的。不同的经营观念、文化的差异，让夏山泉和马佳，在生活和生意上产生了很多矛盾。我也曾在一些纪录片中看到过他们的理念冲突，马佳认为钱够用就行了，除此之外还想享受生活，还想经常出去旅行，而夏山泉则想扩大经营规模，积累更多资金。2002年，马佳在虎跳峡桥头镇开了另外一家咖啡屋，马佳希望在婚姻中能够拥有自己的独立空间。看那段纪录片中的马佳夫妇，此时公开的已是横眉冷对，互相恶语相加。

眼前的马佳，和印象中围着漂亮丝巾在自己的咖啡馆里招呼国内外游客的马佳截然不同。与她相遇时，只见她低头怒气冲冲地在往前走，单手拿着一根登山杖。天气很冷，但她却身着单薄，只有一件露肩的背心，但和在中国境内的所有西方旅行者不同，她的态度极其不友好。与他同行的是德钦查理通村的村长，但作为向导的他一路脚力还赶不上马佳，落后她后面很远，只有一条黑色的小狗一路很欢实地伴在马佳左右。

晚上宿营在来得桥边，一座木质的吊桥横跨在波涛汹涌的江水之上，我们的帐篷搭

 上：格布村精美的木门，正好有两个女子经过，她们背着水桶正准备去打水
下：格布村的孩子，从窗户中伸出来和我们打招呼。玉米是最令他们开心的玩具

在了岸边小卖部的屋顶。营地会和了好几路转山者,大家都在议论着这个举止怪癖的外国人,她对马夫骂骂咧咧,不习惯与别人合住,独自在远处搭了帐篷。在众多怀着感恩与平静心态的转山者中,马佳显得很孤立。

同伴无不在表达着对她的微词,而我对她的感觉其实很复杂,作为一个在中国生活多年的外国人,作为一个女人,其实她是很孤独的,她留在了虎跳峡,真的实现了她世外桃源的梦想了吗?她和夏山泉的婚姻幸福吗?在这漫长的追究和探问的过程中,也许更多的时候是挣扎,是无法平静,是茫然成惧,是握拳成空。最后留下一颗扭曲的心灵。

马佳在最后一天的风雪中翻越说拉山口之前的路线上消失了,包括我们队的两名向导在内的多人在山上搜索了好几天都没有她的踪影。之后的几日,当地武警再次搜索,才在一条小路的边上发现了马佳的遗体,那条小黑狗还活着,而那条路藏族向导们分明曾经仔细搜查过。藏族人的说法是对于有些东西,即使路过,藏族人也是看不见的。

本来一个遥远山区里的女人和我并无瓜葛,但她分明在狭窄的山路上曾经与我擦肩而过。我们在红尘里行路,都有自己的负重,无论是幸福地爱过,还是艰难地苦过,人人最终都得从人生的宴席上抽身离去。马佳在心智清醒的时候,选择了自己的归路,消失在那风卷云舒的天之尽头。在茫茫转经路上,卧在神山的怀中,在那一刻也许她能找到久违的宽容和幸福。

扎营在玉曲河畔的俄扎拉,来得桥还保持着古朴的面貌,木板铺就的吊桥跨河而过,我们在岸边小卖部屋顶上枕着河水入睡。次日从河边开始攀升,河谷中弥漫着晨雾,对面山崖上的村庄似乎像是浮在空中。早晨温柔的光线把来得村旁的田地照出一片嫩嫩的新绿,每片嫩草都洋溢着光彩,暗淡的大山中也有了一抹亮色。

一路都在密林中缓缓地上升,陡急的盘山路似乎没有尽头,直至到了梅求补功,半山的一小块空地,这里是树林与高山灌木的过渡地带,有水源,我们露天在整齐的牛粪垒砌的一个避风的大火塘里午餐。海拔5295米的说拉赞归面布山藏语意思是"柏树山上凶暴的红脸厉神",此山基岩为紫色砂岩,故呈暗紫红色,并且呈现出层层叠叠的节理,

梅里雪山完整的背面，很少有人能够一睹其壮观的面貌

其南侧的说拉垭口，是连接云南德钦和西藏左贡、察隅的交通要道，是我们此行翻越的最后一个垭口。垭口西藏一侧风雪交加，能见度非常低，得仔细辨认脚下石板路的方向。而当钻过山顶的经幡阵，到达云南一侧，则是另外一个天地，风雪骤停，天空忽然于混沌中裂开一道，群山如海，白云缀空。

　　大片的高山杜鹃中间，点缀着丛丛漆树。杜鹃还未开放，雨水洗过后绿得发亮，漆树却还保留着深秋的暗红，夏与秋的色彩同时呈现，只能在云南这温暖湿润的高海拔地区才得一见。这里虽然海拔在4000米以上，但由于植被茂盛，含氧量很丰富，毫无高海拔地区空气稀薄之感。杜隆塘是一片高山牧场，也有的叫陀塘，以藏语的发音来翻译的。"驼"者毒草，"塘"者草坪，合起来就是长满毒草的山间草坪。据史料记载，1720年蒋陈锡（清康熙年间的云贵总督）在从这条山路越过说拉山口进入西藏时，确有军马误食毒草导致马匹中毒而死的事。而今，这里盖起了一间间木屋，成为康巴人采集虫草的基地。小木屋用料很奢侈，宽大的树皮，加上粗壮的原木，依山而建得很有层次，成了我们当晚的豪华别墅。

　　日出时分的光线是魔幻的，一匹白马在青色的雾气中渐渐显露出身影，一方石壁瞬息反射出瑰丽的色彩，一片山坡上的红色树梢被骤然擦亮。一路伴随着梅里水直线下降，从海拔4250米下降到海拔2300米，2000多米的垂直落差，从高山草甸、灌木、针叶林、阔叶林，到干热河谷的植被，春夏秋冬都浓缩在几个小时里体验。在梅里水上往复穿过20多座木桥，直至到达公路边梅里水汇入的澜沧江处的最后一座拱桥，我们的转山算是最终完成了。12天徒步距离250千米，翻越7座高差1500~2000米的大山，跨越金沙江、澜沧江、怒江三条大江，途经云南、西藏两省，德钦、察隅、左贡三县。回首看看曾经的足迹，甚至让我们自己都觉得有些惊讶，那些泥泞里的孤单身影，山道上艰难跋涉的步伐和不能平静无处安顿的心灵如今都成了美丽的回忆。在山林与江河之间奔走，转经之路，更是自己内心的一次旅程，转遍所有的路程，最终与久违的本性谋面。

　　大地好美，广博而永恒。

上： 转山途中每个垭口都悬挂有大量的经幡，在微风的吹拂下祈福
下： 和马帮一起终于完成了外转经，到达几乎是终点的杜隆塘

Qinghai

朝圣者的美好福地
青海阿尼玛卿转山

阿尼玛卿亦称玛积雪山或玛卿岗日、积石山，位于青海省果洛藏族自治州境内玛沁县西北部。"阿尼玛卿"在大藏文书中意为活佛座前的最高侍者，被藏族同胞视为神山，每年都有大批朝圣者跋山涉水、风餐露宿前去虔诚朝拜，绕山七天走完相当于念13亿遍六字大明咒。我们和一群藏人一起转山，他们的快乐是如此简单，是这广阔的草原、奔腾的河流，以及巍峨的雪山，赋予了他们天生的坚韧、勇气和乐观。

在神山阿尼玛卿前合影忘记了下马

翻过却贡卡垭口后阿尼玛卿从厚重的云层中显出形来，露出了真容

转山起点是仓尼堪多，这里是个三岔口，一边通往雪山乡，一边是沿顺时针方向转山的路线。山崖上挂满经幡，藏族向导们在这里的巨大煨桑台前进行了转山前的煨桑仪式，用松柏枝焚起霭霭烟雾，在已经燃起的煨桑堆上加松枝、柏枝、桑面（糌粑）等物，随着桑烟的升起，一种浓浓的神圣气氛也随之升起。大家围绕煨桑台边抛撒龙达，边高喊"阿珈罗"，以此祈福，祈祷转山顺利。

"你有老公吗？几个？"

"一个都没有。"

"我有老婆，两个。"

头发卷卷的藏人岗却加和我各骑一匹马，一路聊着闲话走在泥泞的山路上，谈起他的两个老婆，岗却加一路眉飞色舞。我们要把一群牦牛驱赶到当晚的营地。雨水把马的鬃毛打得透湿，马的状态似乎在雨中更加昂扬一些。大部分牦牛很自觉，只有少数掉队或者走到旁侧山上的需要驱逐，有些不听话的牛需要用小石块砸它们的屁股，并掺和上清脆的口哨声。

当晚营地扎在了河岸边拔地而起的山崖上，这里密布低矮的灌木，开满杜鹃科紫色的小花，马匹和牦牛们就被散放在花丛中。藏人们搭起了色彩亮丽的藏式大帐，这是他们晚上的营帐兼大家的炊事帐，而我们则在灌木丛中寻找略微平坦的地方搭起2~3人的户外小帐篷。营地所在的山崖下方，河流在山谷中蜿蜒而行，从远方切割峡谷而来，那雪山一字排开之处是我们即将朝圣的方向。

营地对岸山壁上孤零零地生长着一棵柏树，据说是这里的第一棵柏树，也受到过往藏民的朝拜，周围挂满了经幡。我们协助向导接起若干条长经幡并挂好后，一起进行了一场小型的赛马。队长肉孜理所当然地拿了第一，他的马毛呈黄棕色，身材匀称，价值20多万。在青海藏区，牧马传统已经逐渐消亡了，摩托车替代了马匹的功用，很多人家早就不养马了，导致我们转山寻找马匹成为了一件难事，而且租马费用非常昂贵。肉孜家是个例外，他的爷爷告诉他一定要保留养马的传统，养不好马就不要来见他了。

肉孜的虫草生意做得很大，家族也早就不需要通过马来获取经济价值了，但他仍然养有十匹马，说家族的传统不能丢。

肉孜的马术相当好，一路都在驯服胯下这匹狂躁的家伙，马总是跃跃欲试地往前蹿，肉孜总得不停地掉头转弯，才能一路基本和我们保持相近的速度。肉孜对周围的山系和神迹都非常清楚，从小就跟着爷爷转山，他爷爷跟他讲过各种阿尼玛卿的故事。在安多藏区，阿尼玛卿山神的形象在唐卡里被藏民描绘成一个白盔、白甲、白袍、胯下白马、手执银枪的勇士。整个阿尼玛卿山系的各个山峰都是不同的神，彼此都是亲戚关系。

雪山融水倾斜而下，冲击出多条细小的河流，途中需要无数次涉水而过，我们须在马背上掌握好平衡，沿稍微迎水的方向而上。水底的石头湿滑，马蹄也容易打滑，同队的老徐一不小心在河中心人仰马翻，跌入水中全身湿透。一时还追不上驮运行李的牦牛队，无法更换衣物，在海拔4000米的地方忍受着潮湿和寒冷，滋味可想而知。

"当心，有野牦牛！"藏族向导们紧张了起来，马匹也警觉了起来。顺着他们指的方向看去，山顶上一对弯弯的牛角很威仪地凸现在山脊线上。野牦牛的体型要比普通牦牛大很多，毛长膘肥，走起路来浑身都在抖动，有时候有袭击人畜的危险。刚才还在山巅的野牦牛很快就俯冲到了山脚，向导们进行了分工，有的负责断后，有的负责用石块驱赶，有的用声音恐吓。野牦牛和我们的马队并行了很长一段距离，最后悻悻离去，所有人才松了一口气。

当晚宿营在一条大河边，海拔4200米，队友中部分人出现了高山反应。我同帐的朋友手脚发麻，另外一帐的队友呕吐不止。我分别给她们冲泡了葡萄糖水，喝下后反应有所缓解。想起余下更加艰苦的旅程，我不禁为她们担心。

第三天的达却贡卡是转山途中两个海拔较高的垭口之一，海拔高达近5000米。这里置有八座白塔，以及壮观的经幡阵，我也亲自挂上了一条红色的经幡，并围绕经幡阵行走一周后对阿尼玛卿的方向磕了三个长头，心中默念想要实现的美好夙愿。藏族的先贤们这样描述朝拜阿尼玛卿的功德：只要我们以至诚之心供养，我们心中所有美好的愿望就都能实现，所有的不顺都能离我们远去。

藏族向导们则继续煨桑，这次是牵着马匹或者骑马围绕煨桑台顺时针旋转，桑烟中将手中一叠叠的龙达撒向天空，阴霾的天色为仪式增添了几分威仪和悲壮。藏人的高声呼喊、马匹的嘶鸣、漫天飞舞的碎片，更让人隐约感受到人们心中的那个阿尼玛卿的震慑。

翻过垭口后阿尼玛卿从厚重的云层中显露出真容，山峰并不陡峭，山形平缓敦厚，整个下午都在我们的右侧一起并行，阿尼玛卿雪山，藏族人民称"博卡瓦间贡"，亦称"斯巴乔贝拉干"，即开天辟地九大造化神之一，也是21座神雪山之一，排行第四，专掌"安多"地区的山河浮沉和沧桑之变，是藏族的救护者。我们行走在山脚下的草场地带，阿尼玛卿的西南侧，这里生长着成片的高原植物红景天，以及珍稀的绿绒蒿。右侧是连绵的雪峰，左侧的山体传说就是阿尼玛卿的舅舅，而周边散布的小湖据说有108个，是阿尼玛卿的佛珠。

阿尼玛卿还是格萨尔王的护法神，有着无穷的智慧和慈善的心肠，他有许多家族、侍从和卫士，都环绕在他的身边。而我们转山一圈，自然也就逐一认识了整个阿尼玛卿家族。

走着走着我们感觉进入了一个奇怪的石头阵。一堆堆黑色的小石块垒至马腿高，面积很大，成片地延伸至山脚。当地人称"莫阿多阿"，是以前占卜的地方。我们沿着蜿蜒其间的小路骑行，虽不熟知各种通过石头进行占卜的方法，但却能感受到一种很神秘的气场。

2004年2月这里曾发生过一次大型冰崩，冰崩地点在阿尼玛卿山的主峰6282米高程点西北330度方向的西坡上。这次冰崩形成的冰碛物面积约为3.3平方千米，堆积物占压了玛沁县下大武乡很大面积的夏秋草场，清水河、达玛曲河、权隆河被阻断，并由此形成了一个面积达30000平方米的堰塞湖。我们此时正在经过冰崩区，一条黑色的冰

上： 达却贡卡垭口藏族向导们牵着马匹或者骑马围绕煨桑台顺时针旋转，桑烟中将手中一叠叠的龙达撒向天空，阴霾的天色为仪式增添了几分威仪和悲壮

下： 藏人的高声呼喊、马匹的嘶鸣、漫天飞舞的碎片，更让人隐约感受到人们心中的那个阿尼玛卿的震慑

 上：草原上的藏戏

下（左）：身着戏服的人们在煨桑。这是任何活动前必经的仪式，祈祷一切顺利

 下（右）：藏戏开始前喇嘛们吹起法号

碛带从两山之间倾泻而出，黑色的碎石上这几年已经被过往的马队和朝圣者踩出了明显的小路，但规模很大，全部走完也需要一两个小时。

这一天的路程约有24千米，我们走得很吃力，向导们寻找营地也很吃力，要保证有可靠的水源、平坦的地面以及背风的地势，结果寻到了一处高地"西马智地"。传说这里是山神们赛马的地方，可以俯瞰整个山谷，印有格萨尔王的彩旗高高飘扬在山巅的玛尼堆上，对面的山体就是阿尼玛卿的南大门，山门入口处。

营地很美，一个清澈的小海子边，开满了黄色小花。帐篷就搭在河畔湿地厚厚的草包上，虽然有些潮湿，但软软的很舒适。马和牦牛被放养在周围的山里，马的双腿虽然被绑上绳子，但仍然能挪动得很远，第二天早上牧人们再将其逐一去山里寻回。

一夜风雨，岗却加的帐篷头天晚上塌了，早上他从一堆帐布中钻出来，和同伴嘻嘻哈哈地抖掉毛毯上的积水，还一边高声唱着藏歌，在艰难的环境中，他们仍能保持开心和幽默。他们的快乐是如此简单，是这广阔的草原、奔腾的河流，以及巍峨的雪山，赋予了他们天生的坚韧、勇气和乐观。

第四天出发不久，肉孜夫妇指点我们看白度母神泉水，就在山崖下很不起眼的一处溪流处，周围挂有少量的经幡，不注意还很难发现。据说在这里用藏语念卓玛经，泉水就会变大。想不到随后跟上来的一位向导真的会念卓玛经，只见随着他的念诵声原来只有一股的泉水竟渐渐先变成三股又变成了五股！而随着经文的结束，泉水又慢慢恢复了原状。肉孜夫妇在这里磕了几个长头，用泉水清洗脸庞，相信能带来吉祥。

这附近还有很多神奇的泉水，记得进山时从大武镇到达转山起点三岔口的途中，还有一处红色泉水，喝起来居然是啤酒口味的，有气泡感，略带苦涩。路过的藏民都用瓶子接饮，这泉水可以治疗胃病，但连饮不能超过三天。

觉木央然可以算是阿尼玛卿的西北侧肩膀。在一排白塔和经幡的后面山崖上，有一个不起眼的山洞为"消孽洞"，进口为一人腰那么粗的洞口，据说能钻过的人即可消除之前的罪孽。同行的索南扎曲指导我以奇怪的姿势顺利地钻进，待再从另一口钻出后，心情无比舒畅，说明我人品还不错，据说心怀鬼胎的人是钻不过去的。

"报恩石"是放置在洞口附近的一大一小两块巨石，分为男石和女石，男人抱那块大的，女人抱那块小的，如果能围绕白塔行走一周，就算能报答一遍父母的养育之恩。我费了很大力气试图抱起那块小的，可它根本纹丝不动，看来父母恩真是如山重啊，如何能轻易报答得了！

白塔对面的山崖上挂满经幡，是大宝法王的修行洞，藏语意为阿尼桑姆修行洞，藏族历史上有很多大德高僧曾在这里研修佛法。传说这里属杂日山脉，天竺国的空行母修行岩洞，唐东杰布等修成正果后，在岩壁上留下头部与胸部的痕迹。岩石上还留有格萨尔王的神驹和神犬的足迹。

同样在索南的指点下，我双手抱住消孽洞口一块凸出的石头，双脚蹬住岩壁，头朝下，把上半身反了过来，朝后看修行洞一侧的山体，得到了和正常观看不同的视角，夕阳正逐渐从山尖隐退，山体绯红，配合深蓝的天空，色彩绚丽，天地开阔，我问索南能看到什么，他神秘地说："你能看到什么就是什么。"我说我看到了一个明亮的未来，一方更广阔的天地。一种希望和力量从心中油然而生。

这里是阿尼玛卿的最西端，从此就开始拐向阿尼玛卿的另一侧，后面的路程都是通有公路的，我们从这里换乘越野车沿着东北侧继续转山。

阿尼玛卿文化中心是兀立于草原中心的一处雄伟的藏式建筑，外部是典型藏式的雕梁画栋，内部是现代的钢结构和玻璃屋顶。一层大殿置有阿尼玛卿精美的雕像，二层和后院则是学校的教室和宿舍。这里完全是活佛自筹资金建立的，旨在为更多的藏族孩子提供学习机会。活佛大部分时间在其他地方筹款，我们前往拜访的时候恰逢他正好在，他说这里比较缺教师，如果有志愿者愿意来支教一定要推荐过来。同时，队友沐沐的朋友正好在藏区做"免费午餐"的公益活动，也准备介绍给藏文化中心。

马帮昨晚就驻扎在藏文化中心前面的草滩上，我们就此与他们道别。由于今年虫

安放白塔的寺庙中悬挂的牛骨

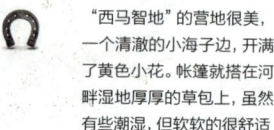 "西马智地"的营地很美，一个清澈的小海子边，开满了黄色小花。帐篷就搭在河畔湿地厚厚的草包上，虽然有些潮湿，但软软的很舒适

藏族向导们休息的时候经常自己会组织一次小型的赛马

牦牛帐篷内，围着藏族家庭颇具特色的牛粪灶台，我们喝上了香甜的奶茶

草生意很红火，所以这些向导们个个腰缠万贯，每人都镶有一颗大金牙，可他们却一路忍受着寒冷、辛劳，不厌其烦地为我们做好每一个细节。岗却加骑一匹快马在雨中追随我们的车队很久，我在车内隔着挂满水珠的玻璃一个劲地和他挥手道别，心中有些许的不舍，不舍这些和他们一起跋山涉水、一起赛马打趣、一起搭营喝茶的日子。很多时候我们留恋一个地方是因为留恋那里的一些人，因为他们，此行的转山更增加了无数生动的情节。

越野车继续行进在阿尼玛卿东侧的山路上，这是一条颠簸的土路，沿河而行。周遭的草原布满很多小洞，这些都是鼠兔留下的，鼠兔是草原的天敌，被它们刨过的草场基本都荒废了。草场上孤零零的一个白色帐篷里住着一户人家，这是科研项目的工作人员，他们负责在周围种植草地，我们经过的时候正在犁地，准备种植草籽。这里海拔4000多米，生活条件艰苦，我不由得感叹他们的坚韧，但同时又为项目担忧，偌大的草场，这样的做法是否只是杯水车薪呢？

哈龙冰川是黄河流域最大最长的冰川，是此行的第二个5000米级高海拔的垭口，由于是驾车到达，并无太强烈的高山反应，但仍感觉到稀薄空气的压迫感。在这里本可清晰地看到阿尼玛卿，但由于阴雨霏霏，浓重的雾气完全遮住了雪峰，只露出下方延伸出来的扇形冰舌。我们依旧在猎风中系上经幡，让山风吹动经幡捎去对阿尼玛卿的敬意。面对隐藏在重重雾霭后面的巨大山体，比晴天一览无遗之时，更能拓展出深远的心灵空间。在尘世中于人于事，有时候我们宁愿不要看得那么清楚，彼此都有一定程度的保留，痛苦往往来源于太清醒，混沌未必不好。

曲格纳降魔白塔海拔3650米，离雪山乡三公里，到达这里就已经接近转山的尾声了。白塔背面有一座小寺庙，庙内用笔画（唐卡）简单介绍了阿尼玛卿雪山的神化传说。据说这里还埋着当年约瑟夫·洛克留下的十字架。洛克在早年的笔记中有这样的记述："1926年，我考察了青海湖南的阿尼玛卿山脉以及黄河的峡谷地区，成为了对黄河和阿尼玛卿山脉的中间地带进行探险的第一位白人。"后来他在为《国家地理》所撰文章中说，他当时登临该山到 4900 米处，而他测算距离顶峰尚有 3600 米的高程，所以这座山是世界最高峰，超过了珠峰！

1944 年，一位美国飞行员驾驶飞机途经阿尼玛卿时紧急报告："我机飞行高度 9000 米，前方上空出现有高出我机数百米的山峰。"据载，1949 年美国登山者雷纳德·克拉克曾在阿尼玛卿探险和测量，他测出主峰海拔为 9041 米，这也超过了珠穆朗玛峰。这期间还有一些勘查队来此，然而都无功而返。直至 1960 年北京地质学院 11 人登上阿尼玛卿峰，这座山才逐渐被人认知。

阿尼玛卿东侧的山路崎岖颠簸，这个季节多处被雪山融水冲毁，要不是当地司机熟悉情况，很难分辨出小瀑布密布的路面上究竟哪里是路。途中交通事故频出，在海拔近 5000 米前后不着地的地方，一辆车出现了故障，藏族司机居然用一条哈达给绑好了。而第二天另一辆车被开断了转向轴，这个问题可没法用哈达解决，只能将车弃在附近的居民点，找机会再进来拖车或维修了。最终我们于第六天到达了终点雪山乡。

在黑牦牛毛织成的毡房里，我们手捧撒满人参果和白糖的藏家酸奶，围着牛粪炉喝上女主人亲手烧制的奶茶的时候，心里才真正温暖踏实，至此转山的旅程正式画上了句号。阿尼玛卿此时在我心目中的形象反而由清晰变得模糊，或者说是多元化，它不仅仅是远方那片洁白的雪峰，也是那个骑着白马力量超凡的山神，还可以是朝圣者梦想中的美好福地，甚至是跋涉者心中不灭的希望与力量。

上: 每到山口藏族向导就会进行煨桑仪式
下: 我在车内隔着挂满水珠的玻璃一个劲地和藏族向导岗却加挥手道别，心中有些许的不舍

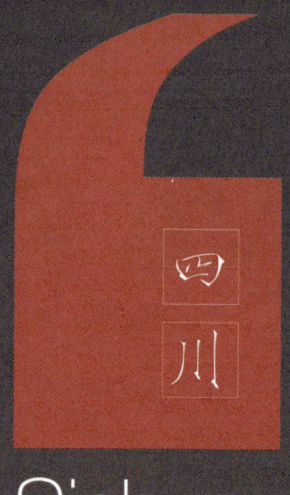

Sichuan

清风吹拂的山岚
四川重走洛克路

"那天晚上,睡在帐篷里,我做了一个很奇怪的梦。梦中我又回到了那片被高山环抱的童话之地——木里,我还梦见中世纪的黄金与富庶,梦见涂着黄油的羊肉和松枝火把,一切都是那样的安逸、舒适与美好。"这是美籍奥地利学者约瑟夫·洛克博士对他的朋友所描述的木里王国。木里在外界的传说中一直是神秘的,人们愿意把它看做"香巴拉"。我们和马帮一起重历洛克曾经走过的路,从木里穿越到稻城。其实"香巴拉"究竟在哪里并不重要,对我来说只是一种心境,不执不迷,无欲。

藏区的马都很矮小,比较合我意

清晨，我们勒着坐骑在山脊上显出身影，远处雪峰伫立，静默；黄昏，当山风掀动马鬃，山峰的轮廓再一次凸现，粗粝蔓延的莽原已被新的悲欢际遇所笼罩。

——约瑟夫·洛克

木里产金，当年洛克的文章中就描述过："木里是个非常富庶的地方，因为水洛河里蕴藏有金子，给喇嘛寺庙带来源源不断的财政收入。喇嘛王给予四个大喇嘛令人嫉妒的特权，只有经他们允许，才能够采集和淘洗河中蕴藏的金矿资源……"而木里王赠送给洛克的礼品之一，就是一个金碗。这段水洛河富含金沙，聚集了不少前来淘金的人。从木里到水洛的长途车上我们遇到一个曾经的淘金人，但由于投入太大，收不回成本，如今改给其他淘金人出租挖掘机了。

在金矿小卖部的院子里我们意外地发现有几匹马拴在那里，要知道这几天我们找马很困难，当地人把骡子和马都叫"马"，这里由于是山区，骡子耐力好，其使用率要大大多于马，按当地人的话说"骡子爬山比马凶得多"，骡子的价格比马还贵。我们头天跟马帮说好要找三匹骑乘的马匹，可早上还是只牵来了一匹马，其余的都是骡子。要知道一个马术爱好者是无法忍受骑一匹骡子的，无论如何我们都要找到"马"。

小卖部买的鲜橙多才喝了一口就知道是假的，但窗口一个藏族人的搭腔让我把瓶子往柜台上一扔就奔了出去，忘了与老板理论——他居然说他有可租的马！

"我家有两条马。"

"究竟是马还是骡子？"

"马！"

不过他住的地方在呷洛村，距离金矿还有半天的路程。

眼前的藏族人显得很诚恳，满头卷发从白色棒球帽的两边龇出来，面容带有常年烟熏火燎的痕迹。他有个很西化的名字"查理"。呷洛村是我们穿越路线中必然要经过的，是第一天行程的歇脚地，于是我们决定晚上先去他家看看那两条马。

出了金矿就在半山腰的小路上穿行。河流将峡谷深深切割，高原五月的山脉还是一片暗色，马队过处尘土飞扬，一路无语，寂静的谷地间只有杂沓的蹄声纷至。正午阳光在头顶上旋舞，灼热的空气像顽石一样哽塞在喉头。

经过几个藏族小村落，都是典型的藏族建筑，木门被雕画得五颜六色，高墙上洞开的小窗被涂上黑色的边框，又显得如此冷峻。虽然这里不通公路，但都未寻见马的踪迹，只是山路上不时随着发动机的嗡嗡声迎面冲来辆摩托车，当地人更多地使用了现代的交通工具。木里曾是茶马古道重要的一站，可如今被新拓的道路逼到山地尽头的马帮身影已经命定地消失了，只在许多个充满往日回音的黄昏幻化为一种隐约的旋律。

脑子像患肠扭结的马肠子，乱糟糟的，直至随着轰轰的水声来到白水河边。白水河源于岩层深部的溶洞，呈乳白色，也被称作牛奶河，宛如一根洁白的哈达飘荡在贡嘎山脚下。眼前的河水丰润清澈，从远方山谷中奔流而来，沉稳地撞击着河里的岩石，激起阵阵白浪，映衬着碧空的通透。在河边葱郁的林中小憩，脑子和心灵都顿时打开了混沌，如河水般透彻清冽起来。

傍晚时分我们到达了大山深处不通公路的藏族小村庄呷洛。生机四溢的青稞田在山坡上高低错落有致地铺陈开来，随着天上棉花糖般的云朵变幻所投射下的疏密光影，呈现出深浅不一的绿：碧绿、翠绿、黛绿、墨绿、嫩绿、青绿……立马于斜阳下的半山，面对充满如此隐秘气息的田园村舍，那个叫"香巴拉"的古老王国不时呈现于我心。

在藏传佛教经典《大藏经》中，有"香巴拉"一词。里面说，香巴拉王国隐藏于西藏北方的雪山之中，整个王国被雪山环绕，八个莲花瓣状的区域与城市是人们的居处，中央又有雪山内环卡拉巴王宫，是香巴拉王国国王的住处。

塔可夫斯基在其作品《乡愁》中表达了一种永生永世挥之不去的乡愁："真正的乡愁，有时是即便坐在自家的门槛上，也依旧在四处流浪。真正的乡愁并非地域上的情境，而是那种与内心的渴念之事物无法触及的不满足感，是一种本然者不在场的状态。"一切在于心境，心安处即香巴拉。

呷洛查理家是很典型的藏居，一层住牲口，二层住人。一进屋差点和一头牛撞个满怀，小心避开正道上的新鲜牛粪，把行李扛到二楼。火塘的篝火正旺，查理的老婆如同藏区的大多数妇女一样，缄默、勤快，忙着为我们烧水打酥油茶。查理确是他的藏族名字，身份证上的全名是"瓜奶查理"，我总感觉他的老婆应该叫"苏珊娜"，可能是因为早年传教士深入藏区的影响。火塘背后的木阁架上挂着一杆长枪，这是查理年轻时候打猎用的，据说那时山上能打到很多獐子，现在政府禁猎了，过去的时光如篝火上的青烟一般飘散，这杆长枪只能作为一种纪念悬于孤僻的角落。

院子里养了两匹马，是他从泸沽湖那边买回来的。一匹是棕色马，肚子很大，一匹是灰色马，比较精干，后来成为了我的坐骑，它的名字叫"热阿巴"，是一匹未骑过的小马。

第二天，查理建议我们前往距离村子骑马两三个小时远的"神仙洞"一探。这是我们计划外的旅程，但出于对呷洛的流连，我们也愿意在这附近多盘桓一天。不过当我们置身于神仙洞周边成排的瀑布边时，感觉确实不虚此行。无数的水柱从顶端倾斜下来，在河道上汇聚成闪亮的溪流，筛过茂密树叶的阳光坠落在水瀑和青石表面上，湿润的水汽在树干间游动。水柱和青石接触的地方，无数水珠在四处自由飞溅，有的地方还形成了小股的彩虹。查理说在特殊的季节，能看到绵延数米成排的大彩虹。

临到出发的日子，查理一早就到山坡顶的寺庙去了，老婆为他准备了些煨桑用的树枝，和我一起慢慢爬到坡上给他送去。寺庙门口有一块150公斤的大石头，寺庙开建的时候就在了，有四百多年的历史。查理年轻的时候经常和村里的小伙子比赛搬这块大石头，看谁力气大。在我们的撺掇下他挽起袖子又试了一次，身体还如年轻时候一样健壮，150公斤的大石头被他轻而易举地抱起，脸上呈现的是儿童般开心的笑。

寺庙的住持李海翁丁按查理的时髦词汇说是"有组织无纪律"，他掌管着寺庙的钥匙，本应八点就来开门，结果等到九点还不来。门口已经聚集了不少村民，大家也不着急，在高原的阳光下闲聊打趣。他们带来放在这里敬菩萨的核桃，分了一些给我们吃，查理耐心地一一为我们敲开。这边山上不仅有核桃树，还有很多杜鹃花树，现在已经绽

 上： 嘎多牵着马走在尘土飞扬的山路上。他只是一个十几岁的孩子，父亲双目失明，全家几乎就只指望他的收入了。那些尘土抱不住一个孩子孱弱而孤独的身影

 下（左）： 藏族向导中午的路餐都是烧一壶茶

下（右）： 穿越的时候正是路边樱桃树结果的季节

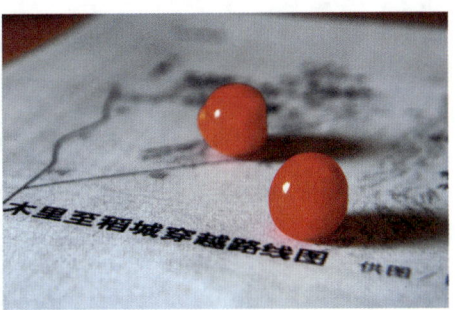

放，老人和儿童手举杜鹃花前来敬佛，透过淡紫色的花瓣，能感受到他们在简单的物质条件下对生活的热爱。

呷洛寺建于400年前，同很多藏区寺庙一样，外观建筑以及内部的文物都在"文化大革命"中被毁于一旦，现在的建筑是几年以前新建的，使得民众才有了精神的归依之处。寺庙内存有一口很大的铜锅，是过去存水或者烧饭用的，察看其内部铸有很细致的纹饰，这是整个寺庙幸存下来最古老的一件器皿了。寺庙门口有两处细节引起了我的注意，一处是在未开的门锁上别了一张五元的钞票，一处是门框上绑着的一支火枪，它们都被作为供奉给菩萨的物品，无人随意摘取。

在呷洛寺我们也烧了桑烟，向桑炉撒了稻米，甚至也在寺内的佛像面前心怀夙愿地虔拜，体会了人对神灵的敬仰的形式。雪域高原虽然气候严酷、物质水平并不高，但这里的人们生活得简单快乐，在这片风霜雨雪年年肆虐的土地上，萌生着生命、信仰、尊严与爱的精神之花。

马道在潮湿的原始森林里盘旋上升，树间漏下的疏密的光影掠过坐骑热阿巴的额头，前额的鬃毛随着登攀的脚步一步一颤，小马此时显出了它在山地的优势，步伐沉稳有力，耐力极佳。

海拔升到了3000多米，冷杉林中成片的高山杜鹃怒放，每个粉红色的花苞中有十几朵小花呈球形开放，在马背上可以用手轻触到柔软的叶片，不忍摘取。林中有自然腐朽倒塌的树木，也有人为砍伐倒塌的树木，许多粗大的树干囿于交通的限制，无法运出去，就只能被丢弃在地上，新鲜的巨大断面裸露在温润的空气中，看上去很是令人心痛。

原始森林中的土地很潮湿，马队走过后，留下一串串清晰的蹄印。苔藓与松脂的气息清香怡人。查理和嘎多他们体力极好，徒步上山也不喘气，在林中跑上跑下大声地吆喝骡马。悠闲的时候就在后面唱起藏族山歌，悠远的调子和山中树木泥土花瓣的清新气息融为一体，我和他们之间的唯一阻隔只是午后一道飘满浮尘的阳光幕帘。

嘎多的歌声细嫩高亢，好似一个清纯的女声。他只是一个十几岁的孩子，父亲双目失明，全家几乎就只指望他的收入了。那些尘土抱不住一个孩子孱弱而孤独的身影，充塞在他脑中的已不是学校灌输的种种有用无用的思想，而是"水"、"酥油"、"失明的父亲"这些实在的字眼，这些如水珠般从晴朗的长天泻入胸中，激起回响。也许只有他在放歌的时候，才能暂时忘却生活的艰辛。

遮天蔽日的森林渐走渐亮，我知道距离山脊越来越近了，可当夏诺多吉出现在眼前的时候还是让人感觉有些猝不及防。雪峰在蓝天下显出威严的身形，顶部积雪被云朵投下的阴影遮盖。夏诺多吉、仙乃日、央迈勇是守护亚丁藏民的守护神山，北峰仙乃日意为"观世音菩萨"、南峰央迈勇为"文殊菩萨"、东峰夏诺多吉为"金刚手菩萨"，据说若藏民能够朝拜三次神山，便能实现今生之所愿。

沿着山脊上的羊肠小道前行，一边是山体，一边是深深凹陷的峡谷，谷底有还未化冻的冰河蜿蜒。眼前的道路忽而清晰忽而又显得摇摆不定，道路不过是一只神秘巨手随手舞弄的带子，只是因为泥土与碎石飘忽得不那么舒缓罢了。

骑在马背上，在走过一段特别崎岖或者过于平旷的道路时，都习惯性地久久向远方瞩望。并不是想明白辨认青苍的逶迤群峰远去时和晴空的明确界线。每到路况不好的地段查理要我们下马，都要唱一句："上山不吸烟哪，下山不骑马。"下马步行，直到疲惫得眼睛只能盯着脚前一段倒塌的树木，或者一道松软的土坎，或是一块嶙峋的岩石。

晚上的宿营地是一个小小的牧场，靠近树林的背风处搭了一个放牧人用的牛棚。查理和嘎多就开始在牛棚里埋锅烧饭，这里将是他们晚上的歇息处，而我们在林边的草地上搭自己的"牛棚"——帐篷。天空飘起了雪花，在雪中把帐篷搭好，拉了防风绳，打好了地钉。还是篝火旺盛的牛棚舒服，我们一头钻进牛棚和查理挤在一起。牛棚四处漏风，外面的雪被劲风呼呼刮进棚内，我把雨披拿出来挂在门口，不过比起外面的风雪交加，牛棚也还算是个温暖的庇护之地了。

营地没有水，嘎多拿几件容器去找水，打水来回就将近用了一个小时。嘎多是个勤快的小孩，打完水接着又忙着出去给骡马们喂料。它们的晚餐被装在一个彩色的布袋

左(上)： 藏族小村庄呷洛
左(中)： 马队的头马总被装饰得很豪华
左(中)： 牧场营地
左(下)： 早起煨桑的藏族大妈
右(上)： 查理轻而易举搬起150公斤重的大石头
右(下)： 东峰夏诺多吉海拔5958米

中，每匹骡马的脖子上都套上一个，它们吃起来毫不费力，可算知道什么叫"脖子上套大饼"了。不一会儿嘎多一脸痛苦地抱着脚跌进了牛棚，他的腿居然被随行的狗咬了一大口！我赶紧拿出湿纸巾帮他把腿上的污泥擦干净，只见一块皮已经被撕掉，好在面积不大，我给他贴了块创可贴。估计这样的事对他们来说不算新鲜事，他们也不会有良好的医疗意识，完全靠意志和身体撑住这艰辛的劳作。

风雪几小时后依然未止，不过小马儿热阿巴显得很兴奋，在积雪的牧场上撒欢儿。远山的松林全被白雪覆盖，夕阳在远处积雪的山坡上留下最后一抹余晖。查理很担心天气状况，我们即将翻越4900米的垭口，如果雪一直不停翻垭口会很困难。

早晨风中的清新湿润被阳光慢慢烘烤干净了，满眼翠绿闪烁着刺目的金属光芒，远山的脉迹越来越清晰。查理放心了，说我们都是好人，老天开恩了，后天攀越垭口没问题。我们的骡马全都不见了踪影，一匹也不在营地附近，昨晚熟悉的在营地附近晃悠的铃铛声全无。不过我没有惊慌，这几乎是马队长途穿越每天早上马夫们的早锻炼——到附近山上找马。夜间马匹一般都是不拴的，否则找不到好的牧草吃，第二天就没有体力。马夫们总是神通广大，能把一夜间不知跑到哪里的骡马都一一找回。

马队重新打点行装继续逶迤前行，一大团云影落在马队前方，又飘向对岸的森林里去了。一天的旅程仍然是山间峡谷的地形，远望一条灰白的驮路在山腰中蜿蜒。脑子里空空如也，这是我在马背上通常的状态，什么也不用想，只需要踏实地走完每一条尘土弥漫的马道，山里的生活简单朴素。

当晚的营地选在了一条溪流旁边，这里海拔还是在4000米以上，仅走到溪水边洗脸，就要耗费很多体力，气喘不已。查理和嘎多给马松了马肚带，卸了鞍子，就钻进牛棚煮酥油茶去了。我们在平坦的地方搭好帐篷，把马背上用的汗屉、垫子都垫在了帐篷底下，既防潮躺上去又松软。

晚饭查理烧了白米饭，我们用自带的气炉做了火腿炒辣椒，还煮了一大锅紫菜汤。查理在架锅的三块熏得焦黑的石头上，各放了一坨白米饭，口中念念有词。吃剩的鸡骨头也被他好好摆在一边，说这些鸡骨是可以用来占卜的。

周围挖虫草的藏民看到有炊烟也过来串门，大家围着篝火聊天、煮饭，气氛轻松愉快。没有和查理聊得很深入，但我相信马队的汉子总有许多激动人心的故事深藏心底。每当静静默对一段水流、一角晴空、一团篝火，那些引人遐思的回忆便涌上心头，他们把神秘的力量重新灌入疲乏的身体，使他们能够满怀热情与信心投入早晨澄明清新的大气，踏上露水湿润的道路，驿铃荡开，目光的斜瀑溢满山峡。

在黯淡的火光中想一阵子心事，白日积攒下来的困倦袭来，在帐篷中合眼后，还仿佛闻到马汗、烟灰的味道，和营地边的树林里清新的松脂香混在一起。

连续两夜，我们都躺在澄明的大气里。夜里睁开眼以为天亮了，钻出帐篷，原来是月光。月亮第一次刺痛了我的眼，如此明亮，周边的牧场一片洁白。

最后一天翻越垭口前我们遭遇了冰雹的袭击，当时没有任何遮掩，砸在腿上生疼。满山的黑牦牛在冰雹中可是泰然若定，跟我们面面相觑。垭口将近5000米，上面布满祈福的经幡和代表若干心愿的玛尼堆，还能看到仙乃日雪山顶端的光影流动，如梦如幻。可翻过垭口不多久，它很快就隐进厚厚的云层中去了。直对央迈勇神山的山坡上有个小牛棚，我们在这里午餐，等待云雾散去。一两个小时后，山形渐显，连下面庞大的扇形冰川都显露无遗。绕过山的另一侧，天空更晴朗了，夏诺多吉带着蒸腾在山顶的云雾，也显现在蓝天下。至此我们完整地看到了稻城的三座神山。查理说我们运气算是相当好的，有人在这里住三五天都看不到。

最后一天的风景可以说是最好的，但我们的感觉反而比较淡然。也许事情总是这样，过程永远比结果重要。此行我们认为最值得的经历是认识了查理，我们互相留了联系方法，他们村没有电话，我们只有等待他有机会给我们打来。我在想，如果在某个意外的时间我们在喧嚣的北京城里接到查理的电话，是否还会记起这个心像大山一样沉默，身板像大地一样坚定执着的驮脚汉？是否还会记得那些走过的崎岖的马道，那些蜿蜒的河流、云雾中的雪山，那草尖上轻轻掠过的风、那旷野中普照的灿烂阳光？

上：夏诺多吉出现在眼前的时候让人感觉有些猝不及防，雪峰在蓝天下显出威严的身形
下：最后一天翻越将近5000米的垭口，从这里能看到仙乃日雪山顶端的光影流动

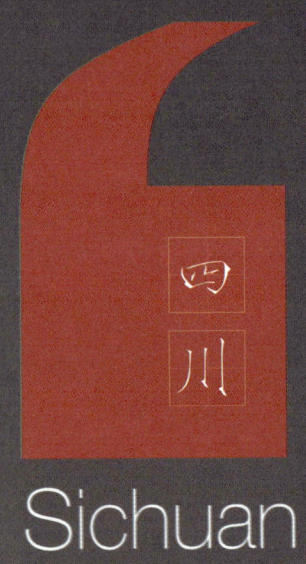

Sichuan

火的狂欢——四川凉山彝族火把节

火把节是彝族一年一度传统的重大祭祀性节日。火被四川凉山彝族视为灵魂,彝族谚语称:"汉人敬官、彝人敬火。"这是由他们生存的特殊环境所决定的。山地彝族的火把节最完整、最丰富,保留着人类体文化演进的历史轨迹,渗透着一种"狂欢化"的民俗精神,传达着素朴的生命观念和生活态度。置身在狂欢的人群中,狂欢是颠覆性的,无拘无束,自由表达;狂欢是互动的,人们在相互渲染中同乐。

和盛装的彝族村民们在一起

旅行者风餐露宿，行走四方，是为了体验最原生态的民族文化。然而当他们赶到那些梦想中的偏僻村落时，却发现商业化的触角蔓延得如此疯狂，一些传统的民俗早已成为了招揽游客的表演，这样程式化的民俗是娱乐，而不是生活方式。失去了其作为生活方式的意义，文化就丧失了其原有的意义，而旅行者也同时丧失了长途跋涉而来的意义，因为他们要的是对真实的民族文化多样性的深入体验，而非浮浅的娱乐。在四川凉山，布拖、普格的火把节，还保持着古朴的面貌，为自己而表演，不做作，不虚假。

平安午夜，北京狂风，我独自开车穿过风中的东二环，满地纸屑混合着落叶，在前面车灯照射的逆光下飞舞、旋转。从冬至开始，岁末年初的各种节日拉开帷幕，让我再次印证了自己确实患有"节日恐惧症"。在城市里过节，在人群中反而经常会有落寞的感觉，而我却很喜欢在民族地区过节，身边尽是真正开心狂欢的人群，从心底散发着喜悦，随处弥漫着吉祥的气氛。

火把节这一古老民俗保持得最完美、最具特色、最隆重的要数四川凉山州的布拖、普格两县，这里是凉山火把节的中心，被誉为"火把之乡"。我们在火把节前一日下午来到了布拖县城，街上已经有很多盛装的男女，男子大多身着斜对襟的黑色上衣，前襟有三个圆形的银饰。女子顶着用纯银制成的沉重头饰，走路的时候都有点跌跌撞撞，时不时需要用手扶住头部，据说一个女子全身的首饰价值三四万元。孩子们穿着鲜艳的百褶裙开心地旋转，直至嬉笑着跌倒在地面上。

次日一大早我们随人流涌动到火把场。仪式即将开始，我被列于两侧的盛装彝族女子所吸引。她们身材健美高挑，手持黑红黄三色图案的传统漆器酒杯。我喜欢其中几个肤色黝黑、眼神生疏的女孩，她们额头中分的发式带有古典气息，天然的古铜色肤色显得很高贵，而另外那些刻意抹满了白粉的脸却略显廉价。

特木镇、木尔乡、九都乡、沙洛乡、拉达乡、乌科乡、拖觉镇、龙潭镇、补洛乡、俄里坪乡十个乡镇的盛装队伍依次走出，尽管当时气温将近零下30度，女人们的服饰依然一丝不苟，银饰的扣子将领口紧紧扎住，身披质地看上去硬挺的羊毛毡，称"察尔瓦"。不同

火把节前夕布拖县城身着盛装的孩子

上： 凉山普格县西洛的"日都迪散"是火把节的发祥地，"日都迪散"彝语是"水草丰茂的平坝"，这里能看到最古老的火把场，一块山顶自然凹陷的圆形场地，如同一口大锅

下(左)： 二牛相斗，分外眼红。

下(右)： 入夜，人们举着火把来到火把场中，点燃的火把被集中在中间，放置成若干簇，青年男女围绕火堆载歌载舞

地区的服装在款式上有各自的特色，所共同的是都打一把黄伞。近年来尼龙绸的黄伞取代了传统的油布伞，油布伞不仅厚实，色彩看上去也更加沉着，而黄绸布伞显得更鲜艳。青年男女白天在火把场的黄伞下认识，晚上就隐藏在玉米地里谈情说爱。所以火把节也被称作"情人节"。

仪式过后，赛马是火把节的高潮。凉山盛产建昌马，这种马个头小但矫健敏捷、速度快，是赛马的最佳选择。建昌马，以其产区曾名建昌，素以产良马著称而得名。唐宋时代所称的"蜀马"，即包括建昌马，据《西昌县志》载，建昌马曾作为贡马。从这些史料与凉山彝族自治州出土的东汉时期的陶马、铜马蹄、基砖上的车马出行图等文物来看，都说明早在2000多年前当地即盛产良马。

建昌马体质结实，体格较小，头稍重，多直头，眼明亮有神，耳小灵活，善走崎岖险要的山地。这些马个头虽很矮小，出场时却兴奋无比，动力十足。一人牵马，一人爬上马背，待一发令，牵马人手里缰绳一松，几匹马飞奔而去，背后烟尘弥漫。

斗牛、赛马、斗鸡其实斗的都是主人的名气，都是在较量人的智慧。彝族有谚语："树活一张皮，人活一张脸；虎靠花纹跑山林，人靠名气走天下。"斗赢了，是人的名声，斗输了，是人的耻辱。

我们来到彝族传统火把节的发祥地，凉山普格县西洛的"日都迪散"，"日都迪散"彝语是"水草丰茂的平坝"，这里能看到最古老的火把场，一块山顶自然凹陷的圆形场地，如同一口大锅，"锅底"在进行各种竞技，观众在"锅沿儿"上分布得密密麻麻。

斗牛开始了，这是火把节的核心内容。赛场外，主人就在做着各种准备，有人正用打碎啤酒瓶后的碎玻璃，将牛角打磨得更尖。比赛开始，牛被主人从场外牵进，初始还比较安静，主人在旁边用长棍提示它对手的方向，一旦顶起来，就很激烈。有的牛眼睛怒睁，布满血丝，看起来很是凶猛，而有的牛还没过两个回合就掉头落荒而逃。斗牛以一方将另一方逐出场地为胜。斗牛场上有个新的牛品种"西门塔尔"，是近年从国外引进的，背上突起的肩胛没有那么高，据说肉产量很大，质量很好。

斗牛场里没有任何护栏，人畜混杂，但是牛的方向不定，一头牛向一个在近距离拍摄的摄影记者猛冲过来，避之不及，他相机上的长焦镜头被撞飞出去，只剩下他手持着机身站在原地愣神。两头牛有时候也会一路顶到观众群中，但彝人都身手敏捷，哄笑着迅速四散开来。估计观看斗牛一半的乐趣来自牛冲过来时候的刺激，如同西班牙的奔牛节每年吸引如此之多的人，大抵都是出于追求冒险刺激的心理。

场地里的赛马规则与布拖不同，属于追逐赛，两匹马不在同一起跑线上，而是从圆形场地的两侧同时起跑，以一匹马追上另外一匹为胜。火把节赛赢了的骏马，称为"达里阿宗"（古代的神马），是骑士的荣誉，是那片土地的灵气，是那座山脉的精灵。

夜幕降临时，临近村寨的人们会在老人们选定的地点搭建祭台，以传统方式击石取火点燃圣火，由毕摩(彝族民间祭司)诵经祭火。然后家家户户，大人小孩都会从毕摩手甲接过用蒿草扎成的火把，游走于田边地角，效仿阿什嫫以火驱虫的传说。我们早早到了火把场，但见对面上坡上星火隐现，排列成队，逐渐汇聚成一条火龙向山下慢慢移动。火把场中，点燃的火把被集中在中间，放置成若干簇，青年男女围绕火堆载歌载舞。传统的舞蹈称为"达体舞"，彝语"达体"为"踩地"之意，每个火堆旁集有男女十余人，牵手围绕而转，且跳且歌，初转徐徐行，再转小跃，嬉笑追逐良久乃罢。

这个世界的文化是多元的，也是多样的。任何一个民族的繁衍生息，都离不开特有的文化符号。那些缤纷的歌舞、口头传承的传说、传统的手工艺，以及传统的民族节日等，无不蕴藏着珍贵的民族文化"基因"，它们共同构成我们世代赖以生存的文化生态的一部分。这些非物质文化遗产，与物质文化遗产一起共同构成了人类文明的历史。

付出热情的前提是拥有热情本身。由于东方民族特别是传统中国人个性的遗传因素，其内敛性决定了大部分人在特定场合下并不会完全地释放自己。在令人战栗的沉默中照见自己的苍白与匮乏，我们意识到并试图抵抗那些时刻在削弱我们的东西，我们开始明白，像一个"人"一样生活着并非易事。只有在狂欢中，心理上可以无拘无束地颠覆现存的一切，重新构造自己。

 上：骑马的都是十几岁的小孩，不带鞍子骑光背马

 下(左)：什么赛马不赛马的，先喝一瓶再说

下(右)：整装待发的骑手

上: 斗鸡是小朋友们的项目,小孩一个个抱着自己的鸡,斗志昂扬,很是神气
下: 穿着彝族传统百褶裙的孩子们

上： 两个年轻的母亲抱着自己的孩子，在大凉山的山区，人们的生活还是很艰辛的
下： 彝族美女

不同地区的服装在款式上有各自的特色,所共同的是都打一把黄伞。近年来尼龙绸的黄伞取代了传统的油布伞

彝族老人的发型"天菩萨"。成年人以蓄长发为荣,视其为吉祥物,认为它能起到保身护魂的作用,且有延年益寿之效

上（左、右）：背小孩的妇女
下（左、右）：大凉山腹地的人物，一个个都形象鲜明

盛装的彝族老人显得非常威仪

Xizang

雪岭雄风
观西藏望果节骑射大赛

　　望果节已有1500多年历史，是藏族农民欢庆丰收的传统节日，流行于西藏自治区的拉萨、日喀则、山南等地。时间在每年藏历七、八月间，具体日期随各地农事季节的变化而变化，一般在青稞黄熟以后、开镰收割的前两三天举行，历时一至三天。人们举行赛马、骑马射箭、骑马射击等竞技，祈祷天神降临人间，来年风调雨顺，人畜兴旺，五谷丰登。在拉萨八角街唐卡店里藏族小伙儿的指点下，我们成了他的家乡甲日乡望果节唯一的外来客。

这段时间是我的人生低谷，没有最低，只有更低

骑射手在众目睽睽中出场了,他们身着华美的彩衣

 上：赛马会上威仪的老者

 下(右)：传统的火药枪

下(左)：哈达包裹的靶心

在拉萨八角街上闲逛，一家小店里画唐卡的藏族小伙子曲扎告诉我们，他的家乡贡嘎县甲竹林镇甲日乡明天要为庆祝望果节举行赛马，于是我们当即决定了次日的行程。甲竹林镇距离拉萨90多公里，我们沿着雅鲁藏布江一路前行，路旁的青稞已经发黄，以饱满的状态等待着开镰收割。临近甲日乡，就遇见若干辆拖拉机载着盛装的群众从各个方向开往赛场。现场已经高高低低挤满了各色阳伞，伞下是一张张欣喜期待的面孔，这是藏族人惯常的表情。人口多的家庭搭起了漂亮的藏布帐篷，带一壶甜茶，围坐在地上怡然自得地享用。

赛场是在山谷中间开辟出来的一条几百米的跑道，沿途已经布置好了供骑射用的靶心，用哈达包裹，拖下来的长长的部分随风飘动在蓝天下。骑射手在众目睽睽中出场了，他们身着华美的彩衣，打扮成古代武士的样子，头上戴着扁平的大头帽，帽檐上长长的红缨几乎要把眼睛遮住，使得黝黑的面孔更显神秘。装饰有羽毛的弓箭插在彩色的剑鞘中，被骑射手附于腰间，显得很是英武。马匹们也被装饰得很花哨，除了备有精美的鞍鞯、笼头外，马额插彩花、颈披彩绸，尾巴被梳成辫形。

藏族骑马射箭起源于青藏高原原始社会末期，至今有2000年以上的历史，其形成约在吐蕃奴隶社会上升的历史阶段，发展于吐蕃王朝以武力扩张领土的一系列战争中。随着吐蕃王朝崩溃和奴隶平民大起义的爆发，公元9世纪中期，骑射这一军事体育很快传入民间，逐渐扩大到青藏高原各地区。

作为固定节日仪式的骑马射箭活动距今则有500多年的历史，它始于后藏江孜地区。绕丹贡桑帕任江孜法王时（1408年），恢复每年藏历4月10至27日为其祖父祭祀的仪式，到扎西绕丹帕时（1447年），仪式的娱乐活动中增加了比箭骑射的内容，正式形成江孜的"达玛节"（骑马射箭）。17世纪中叶，达玛节中的宗教内容已成为象征性活动，主要是进行大规模的骑马射箭比赛，一般进行三天。从15世纪开始，骑马射箭活动逐渐从江孜传到拉萨、羌塘、工布等地区。现在最负盛名的是藏北羌塘地区的赛马节，每年藏历7月底8月初举行，而羌塘最有名的是当雄草原的"当姆吉仁"，历时五至七天，形式与江孜相仿，首先举行简单的宗教仪式，然后检查验证马匹，接着便举行骑马射箭比赛。甲日乡的望果节骑马射箭活动规模比不了江孜的达玛节，和当雄的"当姆吉仁"，仅是贡嘎地区的群众参加，不过更具有民间特色，少了很多经济搭台唱戏的商业化味道。

随着第一匹马如离弦之箭撒出后，其他的马匹都开始躁动不安起来，骑手们依次从跑道一端飞奔至另一端，中间各展其能，有的单边侧骑，有的躺在马背上仰身骑，有的弯腰用鞭梢触地，争相展示他们最娴熟的骑术。距跑道两端三五十米处，分别设有两个哈达包裹的靶心，骑射手出场了，在飞奔的马背上射出一支支羽箭，每每击中靶心都赢来观众的惊呼。最引人注意的还是火枪手的出场，随着火药塞的拉开，砰然枪响，火枪手和马匹顿时被烟雾所笼罩，而马儿则处乱不惊，稳定地沿着跑道飞奔。

这是牧区最常见的藏马，个头很小，平时用于耕地。藏族人民凭借巍巍青藏高原，在蓝天白云下展开自己的生存空间，并使自己的生活富有生命魅力地延续下来，是因为在悠悠万年时光中藏族人民选择并培育了畜牧业和青藏畜牧文化，人与马、牛、羊结下了千年不解之缘。

望果节的骑马射箭已经有很长的历史了，可是最近一些年来，新的交通工具和农耕工具取代了马的功用，马在藏族生活中逐渐淡出，当地的村干部告诉我们，现在甲日乡已经几乎没有马了，这次望果节表演的马都是从别的地方借来的。我们的藏族司机米珠的家在拉萨附近的林周县，他从小就骑马，但是现在马越来越少，好马更是不多见了。他现在也不骑马了，开起了丰田4500，送完我们就要前往樟木，接一批前往冈仁波齐转山的印度人，连续三个月，一个夏天能有不错的收入。

马队从跑道的另一端列队回来，一看似资历较深，在村中很有地位的老者端来青稞酒，各位骑手路过时依次用手蘸上酒向天空和大地各弹一次。随后各人从怀中掏出随身携带的木碗，倒一碗酒一饮而尽。有人的木碗不知在宽大的藏袍中滚到哪里去了，摸遍全身才找到，引起大家的哄笑。比赛结束，每个骑手都得到一个奖项，由村里的长者依次颁发，大家并不在意名次，都很开心，享受的是祥和的气氛和本民族传统的延续。

望果节骑手使用的是原始的火枪

 上: 在飞奔的马背上射出一支支羽箭,每每击中靶心都赢来观众的惊呼
下: 拉枪的时候不看靶,他是怎么打中的

上: 除了骑射,骑手们还表演各种马背炫技
下: 随着火药塞的拉开,砰然枪响,火枪手和马匹顿时被烟雾所笼罩

Inner Mongolia

驯服蒙古情人
内蒙古锡林浩特市冬季驯马

这是在冬季零下 30 度的内蒙古草原——锡林郭勒盟。冬季是驯服野马的季节,过程残酷。每匹坐骑都要经过这个痛苦的过程。国外采取的是"自然驯马法",讲究与马的沟通,手法温柔。而在环境恶劣的蒙古草原,他们有自己的方式,野蛮粗暴,但这就是远古以来传承的法则……

穿上蒙古袍子,怎么也得彪悍起来

在室外待了不久，我睫毛上的雾气已经凝成了冰碴，每根睫毛上都挂了一颗小冰珠，这是在零下30度的锡林郭勒盟草原。杨二虎是白音锡勒的一户普通牧民，此时正当每年冬季驯野马的时候，今年朋友梁建飞带了几个身强力壮的朋友，来到杨二虎家帮他完成一部分驯马工作。

未经驯化的野马当地人俗称"生个子"，是从来未被备鞍骑乘过的，需要经过专业的驯化，使之能够适应和人的互动。梁建飞虽然是锡林郭勒盟的汉族，但是从小就在草原上长大，天生拥有着骑马的天赋和热情，即使九岁时候被马群从身上踏过，也没有阻止过他对马的热爱。现在已经是锡林郭勒盟赛马场的总教练。

此时他正和同伴在杨二虎家的马圈里套马，套住一匹野马是驯马的第一步。由于马圈空间比较狭小，不像草原上那么无拘无束，他们没有使用套马杆，而是用西方套索套住马匹。即使这样，抓马也是个困难事。马匹不愿意轻易被束缚，在狭小的马圈里奔突，并且灵敏地躲闪，一旦被套住定是惊慌地挣扎，立起上身，鬃毛张扬，几个人同时拉都拉不住。一时间马圈里烟尘滚滚，混合着马匹的嘶鸣声和人们的吆喝声。

以前马匹是人们主要的交通工具，平日放牧或者去城市都需要马匹，每家都有数量庞大的马群，那时候马群都是属于国家的，动辄几百上千匹。一群羊或马群都是两个人倒班出去放牧，要走出很远，用牛车或马车拉着所需物品去一个地方放牧，夜里还要下夜，防止狼群袭击。要从马群中套马对技术要求很高，有各种方法。有一种方法是用放大的马笼头套马，骑手骑的马跑得要比野马快，这要求人的技术相当高。梁建飞曾经在没有套马杆的情况下，骑一匹马，追赶前面的马，用巧劲拉着马尾巴就把马摔倒了，这也是抓马的另一种方法。

现在不仅套马方法有很大变化，马具也有了很大的变化。老马倌套一个套马杆能用20年，现在的套马杆一会儿就坏了。马鞍子上的皮绳，俗称"烧绳"，一是驮东西捆扎用；二是骑"生个子"的时候骑手可以抓住固定身体，是最重要的东西，汉人叫"吊死鬼"，这绳子必须非常结实。另外鞍子也要结实，现在的鞍具退化了，原来是四瓣，现在都六七瓣

♞ **上：** 几个人仍旧把马头压在地上，马屁股高高地撅着，身体弯成了一个大S形。这个步骤主要是要让马镇静下来

♞ **下(左)：** 梁建飞虽然是锡林郭勒的汉族，但是从小就在草原上长大，现在已经是锡林郭勒赛马场的总教练

下(右)： 马上扬身体，扭动脖颈，两个前蹄拼命抓向天空，可一切挣扎仍是枉然

了。以前的蒙古鞍子要选取中等粗细的天然树干的分叉部分制成，可现在的鞍子恨不得在木板上画出个树杈的形状裁了就拿来使用了。

几个驯马人中身材最强壮的朝鲁把套上的马牵到房前空地上，拴在类似晾衣绳的装置上，继续对它进行各种刺激，让它多耗尽一些体力。马继续上扬身体，扭动脖颈，两只前蹄拼命抓向天空，可一切挣扎仍是枉然，这个从来没有被束缚过的自由生灵初次尝到了不自由的滋味。

接下来先给马套上马笼头，再给马戴上衔铁。衔铁是骑手和马产生联系的最重要的装置，很多指令都通过手拉动衔铁传递给马，可此时嘴里以前一直自在地咀嚼青草的牙齿间，忽然多了一根冰冷的衔铁，马显得更加的不适应，暴怒、惊恐的情绪从它的眼神中一览无遗。此时它开始更有力地反抗，白音木克、刘国珍、凤亭、朝鲁几个大汉同时压住牵马的绳子，几个人排成了拔萝卜的队形，才勉强不被马的力量拽倒。

殷殷鲜血从马的嘴角顺着铁环冒了出来，可它仍然不屈服。四个人压住马头，将其按倒在地。此时刮起了沙尘暴，滚滚风尘中，马在地上咬着滴血的衔铁咻咻喘息。此时在一边观看的我已经感受到几分残忍。

马站了起来，可几个人仍旧把马头压在地上，马屁股高高地撅着，身体弯成了一个大S形。这个步骤主要是要让马镇静下来，另外降低马身，备上鞍子，为骑手骑到马背上做准备。刘国珍身材轻巧，在马背上坐稳后，几个人松开了马头，这时最精彩的部分开始了。背上从来没有放置过鞍具，也从来没有被人骑乘过的马开始疯狂地"尥蹶子"，试图把背上引起它不适的沉重的东西甩下来。这是一种较量，骑手要以各种姿势保持在马背上的平衡，不被马跳跃产生的离心力甩出来。一旦从马背上掉下来，马的气势就压过了人的气势。踩蹬有的人习惯踩一个镫子，有人踩两个，还有人用后脚跟踩蹬，用脚勾住马肋，这样的好处是从马背上摔下来的时候脚不会套在镫子里被拖蹬。一次梁建飞被马扔在一个水坑里，马倒了把他压在一侧，后来紧急情况下把脚从靴子里拔出来才得以脱身。

马前突后蹶一段时间，不知尥了多少个蹶子，刘国珍仍然在马背上坐得很稳。马体力耗尽，同时也对马背上的人逐渐习惯，才逐渐平静下来。至此算是基本驯服了一匹野马。

一般来说，完全驯好一匹马需要两三天，有的"生个子"第一天不尥，第二天才开始尥，是生性比较迟钝的。在狂躁惊恐的马身上坐定，需要骑手功夫过硬，所以说这是一个勇敢和智慧结合的工作。过去人讲究上马之前带个羊头，马一边尥蹶子，人一边在马背上啃羊头，这种说法生动地表现了骑手的镇定娴熟。梁建飞说他父亲套马的时候是带个桶，套完"生个子"打桶水回来，牧人讲究"不放空"。

梁建飞和同伴们以同样的程序一天之内在杨二虎家驯服了十匹野马。驯马现在就像骑马捡哈达、骑射等逐渐演变为年轻人的一种娱乐，当然也有职业的驯马师，请他们前

左： 几个驯马人中身材最强壮的朝鲁把套上的马牵到房前空地上，拴在类似晾衣绳的装置上，继续对它进行各种刺激，让它多耗尽一些体力

来需要付每匹几百到上千的费用。

第二天我们骑马去距离锡林浩特20多公里的牧民白音木克家。冬季的草原即使阳光普照也依然寒冷,在零下30度的气温中我那看起来暖和的羽绒服似乎完全不起作用,索性换上了当地人的蒙古袍子。在这里只有民族的服饰最适合当地的气候,蒙古袍子不仅颜色鲜艳,里面那层厚厚的羊毛绝对是抗风保暖的好材料,我完全靠它抵御住了不断袭来的寒风。马匹在极度的寒冷中似乎也显得很兴奋,一行人快马加鞭两三个小时就骑到了白音木克家。

下马后先来了一顿热腾腾的"装锅",这是一种蒙古火锅,锃亮的铜火锅里各种蔬菜、丸子、肉类装得满满的。一顿火锅、几瓶白酒、几曲蒙古调子,牧人们就能消磨大半天的时间,这是寒冷的冬季草原上最好的安慰。但梁建飞和同伴们不能喝多,下午还有

中:白音木克、刘国珍、凤亭、朝鲁几个大汉同时压住牵马的绳子,几个人排成了拔萝卜的队形
右:骑手要持续刺激马的敏感部位,最后将其制服

"生个子"等着他们去骑。

草原上的小马是两岁到三岁开始调教的，两岁的马还太小，骑上会有一种皮和肉不在一起的感觉，非常滑，是骑不住的，到三岁才驯化备鞍子骑乘。今天的几匹马都年龄不大。轮到梁建飞上场了，这是一个可以骑快马捡地上钢镚儿的好手。马依然是疯狂地尥蹶子，梁建飞在马背上依然镇定自若，他曾经骑过的最狂野的马尥了61个蹶子。下午半天的成果是驯服了三匹"生个子"，夕阳西下时，马和人都倦了，恢复了安静，牧人牵着一匹服帖的蒙古马归圈，剪影和夕阳形成了和谐的画面。

我曾在匈牙利的马场看过西方的自然驯马法，驯马师对待马相当温柔体贴，几乎身体都不与马产生接触，使用意念和眼神以及身体的动态，就能让马听从人的意志。国外的马种经过了多年的演化，已经脱离了原始的野性，在良好的环境中长大，性格已经相对温顺敏感。而蒙古马是世界上最古老的原生马，他们在严酷的环境中长大，耐严寒，善于长途奔袭，浑身充满着原始的野性。我相信残酷的蒙古驯马法是根源于这种特殊的环境，以及马匹的特性，这是外人所难以理解的。凡事存在都有其合理性，这是这片草原一脉相传的古老法则。

驯马的时间一般是在过完春节的冬末春初，一是马匹的体力在此时比较薄弱；二是为了第二年的比赛，需要早一些调教出来。我看了一眼日历，这一天正好是2月14日情人节，蒙古人和他们的骏马如同情人，互相折磨却又相依为命，即使施用暴力使它臣服，它仍然给主人以忠诚的回报。

上： 四个人压住马头，将其按倒在地，为的是要制服它，让它顺利戴上马笼头
下： 蒙古人和他的骏马如同情人，互相折磨又相依为命

Inner Mongolia

风雪之路
内蒙古锡林浩特市冬季转场

冬季的锡林郭勒盟气温降至零下30度，在户外不出一两个小时，睫毛就会挂满冰凌，甚至上下眼皮会被冻住粘在一起。风雪中，我们将把马群驱赶到另一个牧场，完成一次转场。置身于奔跑的马群中，我也被这种热情点燃，在这零下十几度的草原上却感觉热血沸腾，周身都能感受到从中传递出来的力量。

我和叶赫（右）身着民族服装

被裹挟在马群里一起奔跑是件很振奋人心的事

飞机即将降落锡林郭勒盟，窗外白茫茫一片，要不是广播提醒即将降落，我还以为仍旧在云层之上。一接触到外面的冷空气就感到这里的寒气很有质感，紧紧收缩了每一寸肌肤。老友叶赫来机场接机，这是曾经和我一起驰骋马背的马友，一个性格豪爽的北京姑娘，原本在北京的外企工作，但热爱马背生活和草原文化，几年前在这片蓝色的蒙古高原上遇到了自己的爱情，以及所钟爱的生活方式，她放弃了北京的城市生活，在这片辽阔的草原上开始建设自己的生活。

黑色的柏油路都被冰雪覆盖，已经很难辨认出路面，车辆在公路上行驶得都很缓慢，容易打滑。在加油站附近我们接上了图布新吉日嘎拉夫妇俩，由于这个名字拐来拐去太长了，朋友们都称为"拐弯儿"。我们计划开车到锡林浩特市郊区的七连，叶赫家的马群秋天寄养在这边的草场，我们将要把这近百匹马赶回40多公里外他们家的牧场。车从国道拐进草原土路，则遭遇了更深的积雪，感到车轮推雪到一定程度有被陷住的危险时，就倒两把车，再继续向前冲。二档的速度并不快，但车总是一次次颠簸后滑向两侧的路基。终于在一个雪坑前车子熄了火，任凭如何尝试也打不着，似乎化油器没有喷油。而叶赫老公小江的电话正追来催促，牧场那边已经备好马，准备出发了，今天天气恶劣，此时能见度很低，再晚的话风雪即将来临。

如果再打电话从锡林浩特市联系修车工过来，意味着我们还将在雪中等待一两个小时，于是我们决定还是自己捣鼓一下。两个女人在冰天雪地里面捣鼓这个钢铁家伙，打开车前盖检查了线路，再尝试不同油门的打火，在无限的担忧中，车子居然奇迹般地怒吼起来。

到达"拐弯儿"家后，我立即上马同两名马工一起奔往几公里外的草原，把马群赶回来再上路。穿过一片齐腰深的荒草丛，马群正安静地吃草，马工轻轻辅以口哨加以驱赶，它们便群起而动，轻盈奔跑，野性的鬃毛在风中飘扬。此时天空已经飘起小雪，天色灰暗，逐渐转为暴风雪，大风裹挟着雪花漫天飞舞，能见度只有几十米。大家商量后决定等待雪停再走，否则路上如果马群或人失散很难找，道路也很难辨认清楚。

 上：三个人加上近百匹马浩浩荡荡出发了

下(左)：天空飘起小雪,能见度只有几十米

下(右)：暴风雪过后的早晨,第一件事是要清除从房子门口到院门口的积雪,清理出一条路来以便大家能出得了门

蒙古马鞍。这种类似于驼峰的坐具经装饰后,用马肚带固定在马背上,使骑坐在上面的人感觉安全而又舒适。蒙古族自古以来就善于制作马鞍,善于装饰马鞍

右页: 叶赫一早起来就在寒冷的空气中备马。她放弃了北京的城市生活,在这片辽阔的草原上开始建设自己的生活。何处是家?心安处即故乡

据叶赫老公小江的经验，这样的风雪到傍晚时分一般会停，可等到了五六点钟还没有减弱的趋势，我们只好继续烤火再烤火，一顿饭吃完接着吃第二顿，奶茶喝了一碗再添一碗。当地蒙古族人冬天的日子就是这样在火炉边度过的，大雪下了以后进出都不方便，蔬菜也无法运进来，冬天的蔬菜除了炒土豆就是土豆丝或烤土豆……就在这样的条件下，晚饭我们居然奢侈地吃到了羊肉炒韭黄。负责做饭的"拐弯儿"媳妇忙里忙外很是能干，生长在这片土地上的蒙古女人都很坚强，做很多我们看起来不应该是女人干的活儿。叶赫曾亲眼见一个蒙古族女人宰羊，然后再独自扛起整只羊剔出的沉重的下水，在天寒地冻之下拿到远处的冰河里清洗。

次日清晨是个好天气，新下的雪地被阳光一照闪烁着璀璨的冰晶。"拐弯儿"的任务是清除从房子门口到院门口的积雪，清理出一条路来以便大家能出得了门。当曙光擦亮了土坯房的墙壁，马工正从山脚下将马群往我们的住地赶。只见马群踏雪而来，气喘咻咻之时在清晨的逆光中被呼出的白色雾气所笼罩。套马备鞍是个技术活儿，"拐弯儿"家只有羊圈没有马圈，要把所有马赶进羊圈，留下需要抓的那匹，套住牵出来，再备上鞍子才可以骑乘。此处抓马难度很大，羊圈太矮了，一匹名叫"阿帕路撒"的淘气的黑马轻松"越狱"，从羊圈里一跃而出，就那舒展的姿势来看一定是个障碍马的好苗子。

三个人加上近百匹马，以及一辆越野车的队伍终于浩浩荡荡出发了。昨天开进来的后援车计划尾随队伍，可刚开出没有一两公里就陷入了雪中动弹不得，雪太松了，积雪又厚，对于四驱车来说也无能为力了，此时真是感觉即使是什么样的钢铁宝马也比不过几匹蒙古马来得实在。小江和叶赫只得将越野车开回"拐弯儿"家，把车停在那里换马前进。

这下五个人只有三盘鞍子，鞍子不够了，两名马工国栋和老八只好骑光背马，这对打小在马背上长大的他们来说，不算是什么难事，国栋在马背上垫了件军大衣，问啥感受，他们只是回答道："有体温，挺暖和，但硌得慌。"

我骑的是一匹15岁的老马，名被唤作"黑玫瑰"，性情很稳定，只是不停地要缰，爱低头。我们在马群后方小步快走，马儿们也跑得很规矩，一般不会跑散。马队缓缓前进，时而排成一字形，时而排成人字形，时而挤成O字形，时而改成L形。转场对马群的消耗是非常大的，尤其是冬天，甚至会造成母马流产，所以一路国栋和老八都很注意控制速度。

水头巴特的家在转场途中一半的地方，他不在，但他老婆在家，我们仍然可以去他家喝奶茶，这里的习俗就是路过的朋友就进来歇歇脚。马群中有一匹是他家的，马工们仍然使用老办法，把所有马赶进马圈，留下该留的那一匹，再把其他的马赶出来，否则到马群里去套马会很费劲。

喝罢奶茶继续上路，草原上的牧民每家都有几千亩草场，都用铁丝网圈住自己的地界，我们一不留神就走错了网，和马群虽近在咫尺却分列两个区域，如果倒退的话那将往回走很远才能绕得过来，所以唯一的办法就是下马，压倒铁丝网让马群通过。

马儿们似乎知道路程已过半，更急于奔向回家的路，行进速度明显加快。有几段几乎放起了蹶子，马群翻蹄撩掌地奔跑，腾起阵阵雪雾。我骑的"黑玫瑰"也裹挟其中，兴奋了起来。顺利地跑完了28公里，终于见到了叶赫家"奔驰牛仔牧场"的明黄色院墙。马儿们安然入圈，我们也踏实地坐到了温暖的房间里续上一碗浓美的奶茶。

叶赫还在里外忙碌着，作为一个标准的北京外企白领，她放弃了舒适的城市生活，在这风雪弥漫的蒙古高原开启了她的另一种人生。她认为这是她骨子里热爱的生活，一切源于自己的真性情。周国平曾说他的人生观若要用一句话概括，就是："我从来不把成功看作人生的主要目标，觉得只有活出真性情才是没有虚度了人生。所谓真性情，一面是对个性和内在精神价值的看重，另一面是对外在功利的看轻。一个人在衡量任何事物时，看重的是它们在自己生活中的意义，而不是它们能给自己带来多少实际利益，这样一种生活态度就是真性情。"叶赫几年来在草原上几乎成长为了一名蒙古女人，真正融入成为她们中的一员，从事着很多汉族女人不可想象的艰辛劳作。打破常规，换一种生活方式在很多普通人看来也许是不可思议的，至少初期这样的生活在世俗的眼光中它并不能带来什么实际利益，可只有与他们血质相同的人才能参透其中的精神实质。只有踏实地走在路上的人，才能领略生命中最深沉的感动。

享受马背乐趣之前要知道的事情

很多人说:"骑马是件多危险的事啊!"其实不然,骑马的安全感来自于扎实的基本功,并配有合理的装备。在安全的前提下才能充分享受在户外自由驰骋的快乐。

骑马安全:

安全感来自于对一件事充分的自信。如果对一件事的掌握在一个很高的程度,那么安全感就会随之而来。身边很多人谈起骑马等一系列具有一定危险度的运动总是具有恐惧心理,想象在飞驰的骏马背上摇曳如一块破布,这是多么没有安全感啊!但根据我自己的经历来看,其实只要循序渐进地进行了相关技能的学习,骑马是很安全的一项运动。若从马术的基本骑坐练起,真正掌握了马的各种步伐的骑法以及与马沟通的方法,在马背上也是可控的。因此建议先在马场经过教练的指导学习过一定课时的基本功后,再去野外骑乘。

野外穿越:

野外穿越选择一匹稳定不躁但又颇具速度感的马很重要。由于是长途,如果主要精力都用在如何制服马不被它扔下来,那么很难用放松的心态来欣赏风景。但你的马也不能太慢,否则追不上大部队,一路催马的话你会比马还累。注意一定要拒绝某些向导往你的马上绑太多行李的建议,马匹自身负重太多,马很辛苦是一方面,其行进的可操控性也大打折扣,而且无法起跑,骑马穿越的乐趣也会减少很多。

穿越中要注意爱惜马匹,慢步、快步和跑步适量结合,不要一味催马满足自己奔跑的欲望,节省马的体力才能走得长远。

骑马装备：

鞍包：野外穿越和平时的休闲骑乘不同，由于一天都在野外，所以需要携带食品、水、随时可穿脱的衣服、雨披等物品，所以穿越前准备一个鞍包是非常必要的。要在马具店里购买马鞍专用的鞍包，或者定做。有的自行车鞍包看起来和马备用的鞍包比较接近，但是实际上马鞍要比自行车后架宽得多，所以一般放上去都不合适。但如果实在找不到马鞍包的情况下，自行车鞍包也可暂时代替，注意捆扎好就行了（到了穿越地点不一定能及时找到绳子，出发前最好把捆扎带准备好）。

护腿：护腿我认为是长途穿越最重要的装备，几天在马鞍上骑行，双腿和镫带之间不停摩擦，不穿护腿的话小腿部分很容易就被磨烂了。磨砂皮的护腿便于折叠，放在包里很便携。不过要是比较讲究骑行范儿又不嫌麻烦的人就把自己平时的马靴带上吧！

帽子：野外穿越也会有马受惊之类的意外发生，所以防护还是必要的，帽子一般有英式头盔或西部牛仔帽的选择，但就野外防晒方面来说，我偏重选择西部牛仔帽，另外和环境也比较搭调（曾经有喀纳斯的老乡见我们说："那些戴钢盔穿皮鞋的人又来骑马了！"）。

只要心怀梦想,穿梭生活中就会有美好的闪闪发亮的部分。以梦为马,把自己的梦想作为前进的方向和动力。其实马儿一直在我们身边,何必骑着马找马,宽广的心路任凭驰骋。我的马是一匹枣红马,动力强劲,扬着优美的长鬃奔向遥不可及的远方,你的马是什么样,又要去往哪里?